Patrick Modiano

Les boulevards
de ceinture

Gallimard

Le narrateur part à la recherche de son père. Cette quête lui fait remonter le fil des années et revivre d'une façon hallucinatoire une époque qui pourrait être l'Occupation. Le voici dans un village de Seine-et-Marne, en bordure de la forêt de Fontainebleau, au milieu d'étranges individus qui viennent y passer leurs week-ends. Entre autres un « comte » de Marcheret ex-légionnaire qui souffre du paludisme, Jean Murraille, directeur de journal, sa nièce une jeune actrice blonde éternellement emmitouflée dans un manteau de fourrure... Enfin, le père du narrateur qui se fait appeler le « baron » Deyckecaire.

Le narrateur s'introduit dans ce milieu interlope, en espérant atteindre son père. Celui-ci qui est-il au juste ? Trafiquant de marché noir ? Juif traqué ? Pourquoi se trouve-t-il parmi ces gens ? Jusqu'au bout, le narrateur poursuivra ce père fantomatique.

Avec tendresse. Comme s'il voulait se confondre
avec lui et reprendre à son compte un passé trouble
d'où il tire ses origines.

Patrick Modiano est né en 1945 à Boulogne-Billancourt. Il a fait ses études à Annecy et à Paris. Il a publié son premier roman, *La Place de l'Étoile*, en 1968, *La Ronde de nuit* en 1969, *Les Boulevards de ceinture* en 1972, *Villa Triste* en 1975 et *Livret de famille* en 1977. Il a écrit également des entretiens avec Emmanuel Berl et, en collaboration avec Louis Malle, le scénario de *Lacombe Lucien.*

*

N.B. *Les personnages et les situations contenus dans ce livre n'ont aucun rapport avec la réalité.*

Pour Rudy
Pour Dominique

Si j'avais des antécédents à un point quelconque de l'histoire de France !

Mais non, rien.

Rimbaud.

Le plus gros des trois, c'est mon père, lui
pourtant si svelte à l'époque. Murraille est
penché vers lui comme pour lui dire quelque
chose à voix basse. Marcheret, debout à
l'arrière-plan, esquisse un sourire, le torse
légèrement bombé, les mains aux revers du
veston. On ne saurait préciser la teinte de
leurs habits ni de leurs cheveux. Il semble que
Marcheret porte un prince-de-galles de coupe
très ample et qu'il soit plutôt blond. A noter le
regard vif de Murraille et celui, inquiet, de
mon père. Murraille paraît grand et mince
mais le bas de son visage est empâté. Tout,
chez mon père, exprime l'affaissement. Sauf
les yeux, presque exorbités.

Boiseries et cheminée de brique : c'est le
bar du Clos-Foucré. Murraille tient un verre à
la main. Mon père aussi. N'oublions pas la

cigarette qui pend des lèvres de Murraille. Mon père a disposé la sienne entre l'annulaire et l'auriculaire. Préciosité lasse. Au fond de la pièce, de trois quarts, une silhouette féminine : Maud Gallas, la gérante du Clos-Foucré. Les fauteuils qu'occupent Murraille et mon père sont de cuir, certainement. Il y a un vague reflet sur le dossier, juste au-dessous de l'endroit où s'écrase la main gauche de Murraille. Son bras contourne ainsi la nuque de mon père dans un geste qui pourrait être de vaste protection. Insolente, à son poignet, une montre au cadran carré. Marcheret, de par sa position et sa stature athlétique, cache à moitié Maud Gallas et les rangées d'apéritifs. On distingue — et sans qu'il soit pour cela besoin de trop d'efforts — sur le mur, derrière le bar, une éphéméride. Nettement découpé, le chiffre 14. Impossible de lire le mois ni l'année. Mais, à bien observer ces trois hommes et la silhouette floue de Maud Gallas, on pensera que cette scène se déroule très loin dans le passé.

Une vieille photo, découverte par hasard au fond d'un tiroir et dont on efface la poussière, doucement. Le soir tombe. Les fantômes sont entrés comme d'habitude au bar du Clos-Foucré. Marcheret s'est installé sur un tabouret. Les deux autres ont préféré les fauteuils disposés près de la cheminée. Ils ont commandé des cocktails d'une écœurante et inutile complication que Maud Gallas a confectionnés, aidée par Marcheret qui lui lançait des plaisanteries douteuses l'appelant « ma grosse Maud » ou « ma Tonkinoise ». Elle ne paraissait pas s'en offusquer et lorsque Marcheret a glissé la main dans son corsage et lui a palpé un sein — geste qui provoque toujours chez lui une sorte de hennissement —, elle est restée impassible, avec un sourire dont on se demandera s'il exprimait le mépris ou la complicité. C'est une femme d'environ quarante ans, blonde et lourde, la voix grave. L'éclat des yeux — sont-ils bleu de nuit ou mauves ? — surprend. Quelle activité exerçait Maud Gallas avant de prendre la direction de cette auberge ? La même, probablement, mais à Paris. Elle et Marcheret font souvent allusion au *Beaulieu*, boîte de nuit du quartier des Ternes, fermée il y a vingt ans. Ils en parlent à voix basse. Entraîneuse ? Ancienne artiste de variétés ? Marcheret, n'en doutons pas, la connaît depuis longtemps. Elle l'appelle Guy. Alors qu'ils poussent des rires étouffés en préparant les apéritifs, entre Grève, le maître d'hôtel, qui demande à Marcheret : « Que désire manger Monsieur le Comte tout à l'heure ? » A quoi Marcheret répond invariablement : « Monsieur le Comte mangera de la merde » et il avance le menton, plisse les yeux et contracte son visage avec ennui et suffisance. A ce moment-là, toujours, mon père émet de petits rires pour bien montrer à Marcheret qu'il goûte cette repartie et le considère, lui, Marcheret, comme l'homme le plus spirituel du monde. Celui-ci, ravi de l'effet qu'il produit sur mon père, l'interpelle : « J'ai pas raison, Chalva ? » Et mon père, précipitamment : « Oh oui, Guy ! » Murraille reste insensible à cet humour. Le soir où Marcheret, plus en forme que d'habitude, déclara en soulevant la robe de Maud Gallas : « Ça, c'est de la cuisse ! », Murraille prit un ton aigu de conversation mondaine : « Excusez-le, chère amie, il se croit toujours à la Légion. » (Cette remarque éclaire d'un jour nouveau la personnalité de Marcheret.) Murraille, lui, affecte des manières de gentilhomme. Il s'exprime en termes choisis, module les accents de sa voix pour leur donner le plus de velouté possible et recourt à une sorte d'éloquence parlementaire. Il accompagne ses paroles de gestes larges, ne néglige aucun effet de menton ou de sourcils et

16

imprime volontiers à ses doigts le mouvement d'un éventail que l'on déplie. Il s'habille avec recherche : tissus anglais, linge et cravates qu'il assemble en de très subtils camaïeux. Alors pourquoi ce parfum trop insistant de Chypre qui flotte autour de lui ? Et cette chevalière de platine ? On l'observera à nouveau : le front est large et les yeux clairs ont une joyeuse expression de franchise. Mais, plus bas, la cigarette pendante aggrave la mollesse des lèvres. L'architecture énergique du visage s'effrite à hauteur des mâchoires. Le menton se dérobe. Écoutons : sa voix, par instants, devient rauque et se lézarde. En définitive, on se demandera avec inquiétude s'il n'est pas fait de la même étoffe grossière que Marcheret.

Cette impression se confirme quand on les examine tous deux à la fin du dîner. Ils sont assis côte à côte, face à mon père dont on ne distingue que la nuque. Marcheret parle très fort d'une voix claquante. Le sang lui monte aux joues. Murraille, lui aussi, élève le ton et son rire strident couvre celui, plus guttural, de Marcheret. Ils échangent des clins d'œil et se donnent de grandes bourrades sur l'épaule. Une complicité s'établit entre eux, dont on ne parvient pas à saisir la raison. Il faudrait se trouver à leur table et ne rien perdre de leurs propos. De loin quelques bribes vous parviennent, insuffisantes et désordonnées. Maintenant ils tiennent un conciliabule et leurs chuchotements se perdent dans cette grande salle à manger déserte. De la suspension en bronze tombe sur les tables, les boiseries, l'armoire normande, les têtes de cerf et de chevreuil accrochées aux murs, une lumière crue. Elle pèse sur eux comme une ouate et étouffe le son de leurs voix. Pas une tache d'ombre. Sauf le dos de mon père. On se demande pourquoi la lumière l'épargne. Mais sa nuque se détache nettement sous les éclats de la suspension et l'on distingue même une petite cicatrice rose en son milieu. Elle est ployée de telle façon, cette nuque, qu'elle semble s'offrir à un invisible couperet. Il boit chacune de leurs paroles. Il avance la tête jusqu'à quelques centimètres des leurs. Pour un peu, il collerait son front contre celui de Murraille ou de Marcheret. Lorsque le visage de mon père se rapproche un peu trop du sien, Marcheret lui saisit la joue entre le pouce et l'index et la lui tord d'un geste lent. Mon père s'écarte aussitôt mais Marcheret ne lâche pas prise. Il le tient ainsi, pendant quelques minutes et la pression de ses doigts augmente.

18

Il est certain que mon père ressent une vive douleur. Ensuite, ça lui fait une marque rouge sur la joue. Il y pose une main furtive. Marcheret lui dit : « Ça t'apprendra, Chalva, à être trop curieux... » Et mon père : « Oh oui, Guy... Ça, c'est vrai, Guy... » Il sourit.

Grève apporte les liqueurs. Sa démarche et ses gestes cérémonieux contrastent avec le laisser-aller des trois hommes et de la femme. Murraille, le menton appuyé sur la paume de la main, l'œil mou, donne une impression de total relâchement. Marcheret a desserré le nœud de sa cravate et pèse de tout son poids contre le dossier de sa chaise, de sorte que celle-ci tient en équilibre sur deux pieds. On craint, à chaque instant, qu'elle ne bascule. Quant à mon père, il se penche vers eux avec une telle insistance que sa poitrine touche presque la table et qu'il suffirait d'une chiquenaude pour qu'il s'affale sur les couverts. Les rares propos que l'on peut encore capter sont ceux que lance Marcheret d'une voix pâteuse. Au bout d'un moment, il n'émet plus que des borborygmes. Est-ce le dîner trop copieux (ils commandent toujours des plats en sauce et différentes sortes de gibiers) ou l'abus des boissons (Marcheret exige des bourgognes épais d'avant-guerre) qui provoquent leur

19

hébétude ? Derrière eux, Grève se tient très droit. Il laisse tomber à l'adresse de Marcheret : « Monsieur le Comte désire-t-il un autre alcool ? » en appuyant sur chacune des syllabes de « Monsieur le Comte ». Il articule plus pesamment encore : « Bien, Monsieur le Com-te. » Veut-il rappeler Marcheret à l'ordre et lui signifier qu'un gentilhomme ne devrait pas se laisser aller comme il le fait ?

Au-dessus de la silhouette rigide de Grève, une tête de chevreuil se détache du mur comme une figure de proue et l'animal considère Marcheret, Murraille et mon père avec toute l'indifférence de ses yeux de verre. L'ombre des cornes dessine au plafond un entrelacs gigantesque. La lumière s'affaiblit. Baisse de courant ? Ils demeurent prostrés et silencieux dans la pénombre qui les ronge. De nouveau cette impression de regarder une vieille photographie, jusqu'au moment où Marcheret se lève, mais de façon si brutale qu'il bute parfois contre la table. Alors, tout recommence. Le lustre et les appliques retrouvent leur éclat. Plus une ombre. Plus de flou. Le moindre objet se découpe avec une précision presque insoutenable. Les gestes qui s'alanguissaient deviennent secs et impérieux.

20

Mon père lui-même se dresse comme à l'appel d'un « garde-à-vous ».

Ils se dirigent évidemment vers le bar. Où aller ? Murraille a posé une main amicale sur l'épaule de mon père et lui parle, la cigarette aux lèvres, afin de le convaincre de quelque chose dont ils ont déjà débattu. Ils s'arrêtent un instant à quelques mètres du bar où déjà Marcheret s'est installé. Murraille se penche vers mon père et adopte le ton confidentiel de celui qui offre des garanties auxquelles on ne résiste pas. Mon père hoche la tête, l'autre lui tapote l'épaule comme s'ils étaient enfin tombés d'accord.

Ils sont assis tous trois devant le bar. Maud Gallas a mis la T.S.F. en sourdine mais, lorsqu'une chanson lui plaît, elle tourne le bouton du poste et augmente le volume. Murraille, lui, prêtera une grande attention au communiqué de vingt-trois heures que martèlera un speaker à la voix sèche. Ensuite suivra l'indicatif annonçant la fin des émissions. Petite musique triste et insidieuse.

Un long silence encore avant qu'ils se laissent aller aux souvenirs et aux confidences. Marcheret dit qu'à trente-six ans, il est un homme fini et se plaint de son paludisme. Maud Gallas évoque le soir où il entra au

Beaulieu en uniforme et où l'orchestre tzigane, pour le saluer, miaula l'*Hymne de la Légion*. Une de nos belles nuits d'avant-guerre, dit-elle avec ironie en effritant une cigarette. Marcheret lève les yeux sur elle, la regarde curieusement et dit que lui, la guerre, il s'en fout. Et que tout peut aller encore plus mal, ça ne le regarde pas. Et que lui, comte Guy, François, Arnaud de Marcheret d'Eu, n'a de leçon à recevoir de personne. La seule chose qui l'intéresse, c'est « le champagne qui pétille dans son verre » et dont il envoie une giclée rageuse sur le corsage de Maud Gallas. Murraille fait : « Allons, allons... » Non, mais non, son ami n'est pas un homme fini. Et d'abord qu'est-ce que ça veut dire « fini » ? Hein ? Rien ! Il affirme que son très cher ami a encore des années magnifiques devant lui. Il peut d'ailleurs compter sur l'affection et l'appui de « Jean Murraille ». D'ailleurs, est-ce que lui, « Jean Murraille », hésite une seconde à donner sa nièce en mariage au comte Guy de Marcheret ? Hein ? Marierait-il sa nièce à un homme fini ? Hein ? Il se tourne vers les autres comme pour les défier de dire le contraire. Hein ? Quelle meilleure preuve peut-il donner de confiance et d'amitié ? Fini ? Qu'est-ce que ça veut dire « fini » ? Être

« fini » c'est être... Mais il reste coi. Il ne trouve pas de définition et hausse les épaules. Marcheret l'observe avec grande attention. Si Guy n'y voit pas d'inconvénient, s'écrie alors Murraille, comme saisi d'une inspiration, son témoin sera Chalva Deyckecaire. Et Murraille désigne mon père dont le visage s'illumine aussitôt d'une expression de reconnaissance éperdue. On célébrera le mariage dans quinze jours au Clos-Foucré. Les amis viendront de Paris. Une petite fête familiale qui cimentera leur association. Murraille-Marcheret-Deyckecaire ! Les trois Mousquetaires ! D'ailleurs, tout va bien ! Marcheret n'a aucune raison de se faire du souci. « Les temps sont troubles », mais « l'argent coule à flots ». Déjà toutes sortes de combinaisons « plus intéressantes les unes que les autres », se profilent. Guy touchera sa part des bénéfices. « Rubis sur l'ongle. » Clic ! Le comte boit à la santé de Murraille (au fait, voilà qui est curieux : la différence d'âge entre Murraille et lui ne doit pas dépasser dix ans...) et déclare en levant son verre qu'il est heureux et fier d'épouser Annie Murraille parce qu'elle a « les fesses les plus blondes et les plus chaudes de Paris ».

Maud Gallas s'est réveillée et lui a demandé

23

ce qu'il offrirait à sa future épouse, comme cadeau de mariage. Un vison argenté, deux bracelets en or massif à gros maillons qu'il a payés « six millions cash ».

Il vient de rapporter de Paris une mallette pleine à ras bord de devises étrangères. Et de quinine. Saloperie de paludisme.

« Ça oui, on peut dire que c'est une saloperie », dit Maud.

Où a-t-il connu Annie Murraille ? Pardon ? Annie Murraille ? Ha ! Où il l'a connue ! Chez Langer, voyons, un restaurant des Champs-Élysées. En somme, n'est-ce pas, il a connu Murraille par sa nièce ! (Il éclate de rire.) Ça a été le vrai coup de foudre et ils ont passé le reste de la soirée, en tête à tête, au *Poisson d'Or*. Il donne force détails, s'embrouille, retrouve le fil de son histoire. Murraille, qui lui a d'abord prêté une attention amusée, poursuit maintenant avec mon père l'entretien commencé au sortir du repas. Maud écoute patiemment Marcheret dont la narration s'effiloche en propos d'ivrogne.

Mon père dodeline de la tête. Les poches qu'il a sous les yeux se sont gonflées, ce qui lui donne un air d'extrême lassitude. Quel rôle exact joue-t-il aux côtés de Murraille et de Marcheret ?

24

L'heure avance. Maud Gallas vient éteindre la grande lampe, près de la cheminee. Un signal sans doute pour leur faire comprendre qu'il est temps de partir. La pièce n'est plus éclairée que par les deux appliques à abat-jour rouge, sur le mur du fond et mon père, Murraille et Marcheret replongent dans la pénombre.

Derrière le bar, il reste encore une petite zone de lumière au milieu de laquelle Maud Gallas se tient immobile. On entend le chuchotement de Murraille. La voix de Marcheret, de plus en plus hésitante. Il se laisse tomber comme une masse du haut de son tabouret, se rattrape de justesse et s'appuie sur l'épaule de Murraille pour ne pas trébucher. Ils se dirigent en titubant vers la porte. Maud Gallas les accompagne jusqu'au seuil. L'air du dehors ranime Marcheret. Il dit à Maud Gallas que si elle se sent seule, ma grosse Maud, elle n'a qu'à lui téléphoner ; que la nièce de Murraille a les fesses les plus blondes de Paris, mais que ses cuisses à elle, Maud Gallas, sont « les plus mystérieuses de Seine-et-Marne ». Il lui passe un bras autour de la taille et commence à la peloter lorsque Murraille s'interpose et fait : « Ttt... ttt... » Elle rentre et referme la porte.

Ils se sont retrouvés tous les trois dans la rue principale du village. De chaque côté, les lourdes maisons endormies. Murraille et mon père marchaient devant. L'autre, d'une voix enrouée, chantait *Le Chaland qui passe*. Des persiennes se sont entrouvertes et une tête s'est penchée. Marcheret a pris alors vivement à partie le curieux pendant que Murraille s'efforçait d'apaiser son futur « neveu ».

La « Villa Mektoub » est la dernière habitation sur la gauche, juste à la lisière de la forêt. D'aspect, c'est un compromis entre le bungalow et le pavillon de chasse. Le long de sa façade, une véranda. C'est Marcheret qui l'a baptisée « Villa Mektoub » en souvenir de la Légion. Le portail est peint à la chaux. Fixée à l'un des battants, une plaque de cuivre où les mots « Villa Mektoub » sont gravés en lettres gothiques. Marcheret a fait édifier, tout autour du parc, une palissade en bois de teck.

Devant le portail, ils se séparent. Murraille donne une tape dans le dos de mon père et lui dit : « A demain, Deyckecaire ». Et Marcheret lance : « A demain, Chalva ! » en entrouvrant le battant d'un coup d'épaule. Ils s'engagent dans l'allée. Mon père, lui, reste immobile. Il lui est souvent arrivé de caresser la plaque d'une main déférente et de suivre, de l'index, le contour des caractères gothiques. Le gravier crisse sous le pas des deux autres. L'ombre de Marcheret se découpe un instant au milieu de la véranda. Il hurle : « Fais de beaux rêves, Chalva ! » et éclate de rire. On entend une porte-fenêtre se refermer. Le silence.

Mon père va remonter la rue principale et tourner à gauche. Une route de campagne, en pente douce. Le « Chemin du Bornage ». Tout le long, des propriétés cossues avec de grands parcs. Parfois il ralentit le pas et lève le visage en direction du ciel, comme s'il contemplait la lune et les étoiles ; ou bien il observe, le front collé aux grillages, la masse sombre d'une maison. Ensuite il reprend sa marche mais de manière indolente, comme s'il n'avait pas de but précis. C'est à ce moment-là qu'il faudrait l'aborder.

Il s'arrête, pousse le portail du « Prieuré », une curieuse villa de style néo-roman. Avant d'entrer, il marque un temps d'hésitation. Cette villa lui appartient-elle ? Depuis quand ? Il referme le portail sur lui, traverse lentement la pelouse, en direction du perron. Il courbe le dos. Comme il a l'air triste, ce gros monsieur, dans la nuit...

Certainement l'un des plus jolis villages de Seine-et-Marne et des mieux situés. En bordure de la forêt de Fontainebleau. Quelques Parisiens y possèdent des maisons de campagne mais on ne les voit plus, sans doute « à cause de la tournure inquiétante que prennent les événements ».

M. et Mme Beausire, les propriétaires de l'auberge du Clos-Foucré, sont partis, l'année dernière. Ils ont dit qu'ils allaient se reposer chez leurs cousins en Loire-Atlantique mais on a fort bien compris que s'ils prenaient des vacances, c'est parce que les clients habituels se faisaient de plus en plus rares. On s'explique mal que, depuis lors, une dame venue de Paris s'occupe du Clos-Foucré. Deux messieurs, parisiens également, ont acheté la maison de Mme Lamiroux à la lisière de la forêt. (Voilà près de dix ans qu'elle ne l'habitait plus.) Le plus jeune — paraît-il — a servi dans la Légion étrangère. L'autre dirigerait un journal à Paris. L'un de leurs amis, à son tour, s'est installé au « Prieuré », le manoir des Guyot. Une location ? Ou bien profite-t-il de l'absence de cette famille ? (Les Guyot sont fixés en Suisse pour une durée indéterminée.) Il s'agit d'un homme corpulent

28

de type oriental. Lui et ses deux amis disposent de très gros revenus mais leur fortune serait assez récente. Ils passent ici les fins de semaine, comme le faisaient les familles bourgeoises en des temps plus sereins. Le vendredi soir, ils arrivent de Paris. Celui qui a été légionnaire roule à fond de train dans la rue Principale au volant d'une Talbot de couleur beige et freine brutalement devant le Clos-Foucré. Quelques instants plus tard, la conduite intérieure de l'autre vient se ranger elle aussi à hauteur de l'auberge. Ils ont des invités. Cette femme rousse, par exemple, que l'on voit toujours en culotte de cheval. Le samedi matin, elle fait une promenade en forêt et quand elle rentre au manège, les garçons d'écurie s'empressent autour d'elle et prennent un soin tout particulier de son cheval. L'après-midi, elle descend la grand-rue suivie d'un irish-setter dont le poil flamboyant s'harmonise (est-ce un raffinement?) avec ses bottes fauves et ses cheveux roux. Très souvent une jeune femme blonde l'accompagne — la nièce, paraît-il du directeur de journal. Celle-ci porte toujours un manteau de fourrure. Les deux femmes passent un moment dans le magasin d'antiquités de Mme Blairiaux et y choisissent quelques bijoux.

La femme rousse a acheté une grande armoire de style Louis XV chinois pour laquelle Mme Blairiaux ne trouvait pas d'acquéreur, en raison du prix trop élevé. Quand elle a vu que sa cliente lui tendait deux millions en espèces, elle a paru intimidée. La femme rousse a posé les liasses de billets sur une étagère. Plus tard une camionnette a pris livraison de l'armoire et l'a transportée à la villa de Mme Lamiroux (depuis qu'ils l'occupent, le directeur de journal et l'ancien légionnaire l'ont baptisée villa « Mektoub »). On a remarqué que cette camionnette transporte régulièrement à la « Villa Mektoub » des objets d'art et des tableaux raflés dans les ventes aux enchères de la région par la femme rousse ; le samedi soir, celle-ci rentre en automobile de Melun ou de Fontainebleau avec le directeur de journal. La camionnette suit, chargée de tout un bric-à-brac : meubles rustiques, vaisselle, lustres, argenterie, qu'ils entreposent dans la villa. Voilà qui intrigue les gens du village. Ils aimeraient en savoir plus long sur cette femme rousse. Elle ne loge pas à la « Villa Mektoub », mais au Clos-Foucré. Cependant on devine entre elle et le directeur de journal des liens très étroits. Est-elle sa maîtresse ? Une amie ? On dit que l'ancien

30

légionnaire serait comte. Et que le monsieur corpulent du « Prieuré » s'appellerait le « baron » Deyckecaire. Leurs titres sont-ils authentiques ? Tous deux ne correspondent pas à l'idée que l'on se fait de véritables aristocrates. Il y a dans leur attitude quelque chose de suspect. Peut-être appartiennent-ils à une noblesse étrangère ? N'a-t-on pas entendu un jour le « baron » Deyckecaire déclarer au directeur de journal — et cela en élevant la voix : « Aucune importance, je suis citoyen turc ! » Le « comte », lui, parle français avec un léger accent faubourien. Une habitude contractée à la Légion ? La femme rousse semble avoir le goût de l'exhibitionnisme, sinon pourquoi porterait-elle cette abondance de bijoux qui jurent avec sa tenue de cheval ? Quant à la jeune femme blonde, on s'étonne de la voir enveloppée d'un manteau de fourrure au mois de juin. Elle ne doit pas supporter l'air de la campagne. On a vu sa photographie dans un *Ciné-Miroir.* Est-elle encore actrice ? Elle se promène souvent en compagnie de l'ancien légionnaire, lui donne le bras et pose la tête contre son épaule. Ils seraient fiancés.

D'autres personnes viennent passer le samedi et le dimanche ici. Souvent le direc-

teur de journal reçoit jusqu'à une vingtaine
d'invités. On finit par se familiariser avec la
plupart d'entre eux, mais il serait difficile de
mettre un nom sur chaque silhouette. Dans le
village, les bruits les plus surprenants n'ont
pas tardé à se répandre. Le directeur de
journal organisait des parties d'un genre spé-
cial à la « Villa Mektoub ». Voilà la raison
pour laquelle « tout ce joli monde » accourait
de Paris. La femme qui s'occupait du Clos-
Foucré, en l'absence des Beausire, était certainement une ancienne tenancière de maison
close. D'ailleurs le Clos-Foucré prenait des
aspects de lupanar en abritant une clientèle de
cette espèce. On se demandait aussi par quel
tour de passe-passe le « baron » Deyckecaire
avait pris possession du « Prieuré ». On lui
trouvait une tête d'espion. Le « comte » s'était
sans doute engagé dans la Légion pour échapper aux poursuites judiciaires. Le directeur de
journal se livrait, avec la femme rousse, à de
sales trafics. Tous deux organisaient les orgies
de la « Villa Mektoub », auxquelles le directeur de journal mêlait sa nièce. Il n'hésitait
pas à la jeter dans les bras du « comte » et de
ceux dont il voulait s'assurer la complicité.
Bref, on finissait par croire que le village était
« livré à une bande de gangsters ». Un témoin

32

averti, comme il est dit dans les romans et les
procès-verbaux, en observant le directeur de
journal et son entourage, penserait aussitôt à
la « faune » qui hante certains bars des
Champs-Élysées. Leur présence détonne ici.
Les soirs où ils sont en nombre, ils dînent tous
au Clos-Foucré, puis se dirigent, par petits
groupes, en cortège brisé, vers la « Villa
Mektoub ». Toutes les femmes sont rousses ou
blond platine, tous les hommes ont des habits
voyants. Le « comte » ouvre la marche, le
bras enveloppé d'une écharpe de soie blanche, comme s'il venait d'être blessé au cours
d'un engagement. Veut-il rappeler ainsi son
passé de légionnaire ? Ils font jouer la musique très fort, puisque des bouffées de rumba,
de jazz-hot et des bribes de chansons vous
parviennent quand vous vous trouvez dans la
rue principale. Si vous vous arrêtez à proxi-
mité de la villa, vous les verrez danser
derrière les portes-fenêtres.

Une nuit, vers deux heures, on a entendu
crier : « Salaud ! » d'une voix stridente.
C'était la femme rousse qui courait, les seins
hors de son décolleté. Quelqu'un la poursuivait. Elle a crié de nouveau : « Salaud ! »
Ensuite elle a éclaté de rire.

Au début, les villageois ouvraient leurs

persiennes. Et puis ils se sont habitués au tapage que faisaient tous ces nouveaux venus. Nous vivons des temps où l'on finit par ne plus s'étonner de rien.

Le magazine, que voici, a été créé récemment puisqu'il porte le numéro 57. Le titre : *C'est la vie*, éclate en caractères blancs et noirs. Sur la couverture un corps féminin dans une pose suggestive. On pourrait croire qu'il s'agit d'une revue leste, si les mots : « Hebdomadaire de l'actualité politique et mondaine » n'annonçaient de plus hautes ambitions.

En première page, le nom du directeur : Jean Murraille. Puis, sous la rubrique : Rédaction générale, la liste des collaborateurs, au nombre d'une dizaine, tous inconnus. On a beau fouiller dans sa mémoire, on ne se souvient pas d'avoir vu leurs signatures quelque part. Deux noms pourraient, à la rigueur, éveiller un vague souvenir. Jean Drault et Mouly de Melun : le premier, feuilletoniste d'avant-guerre, auteur du *Soldat Chapuzot*; le second courriériste affamé de *L'Illustration*. Mais les autres ? Ce mystérieux Jo-Germain, par exemple, qui signe en première page une chronique consacrée au renou-

34

veau et au printemps ? Écrite dans un français cosmétiqué, elle se termine par une injonction : « Soyez gais ! » Plusieurs photos représentant de jeunes personnes très déshabillées, illustrent cet article.

En seconde page, les « Échos indiscrets ». Il s'agit de paragraphes portant chacun un titre racoleur. Le dénommé Robert Lestandi y tient les propos les plus scabreux sur des personnalités de la politique, des arts, du spectacle et se livre même à des considérations qui relèvent du chantage. Quelques dessins « humoristiques », tracés d'une encre sinistre, portent la signature d'un certain Le Houleux. La suite réserve encore bien des surprises. Cela va de l' « éditorial » politique aux « reportages » en passant par le courrier des lecteurs. L' « éditorial » du numéro 57 est un tissu d'invectives et de menaces rédigées par « François Gerbère ». On y lit des phrases comme : « Les larbins sont facilement des voleurs. » Ou : « D'autres responsables doivent payer. Et ils paieront ! » Responsables de quoi ? « François Gerbère » ne le précise pas. Quant aux « reporters », ils vont droit aux sujets les plus équivoques. Le numéro 57, par exemple, propose : « Le roman vécu d'une fille de couleur à travers le monde de la danse

et du plaisir. Paris, Marseille, Berlin. »
Même esprit déplorable au « Courrier des
lecteurs » où un correspondant demande si
« une décoction de mouches cantharides
incorporée à un aliment ou à une boisson
provoque l'abandon instantané chez une personne du sexe faible ». Jo-Germain répond à
de telles questions dans un style parfumé.

Les deux dernières pages sont réservées à la
rubrique « Quoi de neuf ? ». Un anonyme
« Monsieur Tout-Paris » retrace en détail les
événements mondains de la semaine. Mondains ? Mais de quel monde s'agit-il ? A la
réouverture du cabaret *Jane Stick,* rue de
Ponthieu (l'événement le plus « parisien » du
mois selon le chroniqueur), « on remarquait
les présences d'Osvaldo Valenti et de Monique Joyce ». Parmi les autres « personnalités » que cite « Monsieur Tout-Paris » : comtesse Tchernicheff, Mag Fontanges, Violette
Morriss ; « l'écrivain Boissel, auteur des *Croix
de sang,* l'as de l'aviation Costantini, Darquier
de Pellepoix, l'avocat bien connu ; le profes-
seur d'anthropologie Montandon ; Malou Gué-
rin ; Delvale et Lionel de Wiet, directeurs de
théâtre ; les journalistes Suaraize, Maulaz et
Alin-Laubreaux ». Mais, selon lui, « la table
la plus animée fut celle de M. Jean Mur-

raille ». Pour illustrer son propos, une photographie où l'on reconnaît Murraille, Marcheret, la femme rousse qui se promène toujours en tenue de cheval (elle se nomme Sylviane Quimphe), mon père enfin, que l'on cite sous le nom de « Baron Deyckecaire ». « Tous — indique le commentateur — font régner chez *Jane Stick* la chaude et spirituelle atmosphère des nuits parisiennes. » Deux autres photos présentent une vue panoramique de la soirée. La pénombre, les tables qu'occupent une centaine de personnes en smoking et robes décolletées. Sous chacune des photos, une légende : « La scène s'éclaire, le rideau s'écarte, le parquet disparaît, un escalier surgit peuplé de danseuses... La revue *Dans notre miroir* commence » et : « De l'élégance, du rythme, de la lumière. Ça, c'est Paris ! » Non. Il y a quelque chose de louche dans cette assemblée. Qui sont tous ces gens ? D'où viennent-ils ? Le « baron » Deyckecaire, par exemple, là, au fond, le visage gras, le buste légèrement affaissé derrière un seau à champagne ?

— Ça vous intéresse ?
Sur la photographie pâlie, un individu d'âge

mûr fait face à un jeune homme dont on ne distingue plus les traits. J'ai levé la tête. Il se tenait debout devant moi : je ne l'avais pas entendu venir du fond des années « troubles ». Il a jeté un coup d'œil sur la rubrique « Quoi de neuf ? » pour savoir ce qui retenait mon attention. Certainement, il m'avait surpris, le nez presque collé au journal comme si j'avais eu affaire à une estampe rare.

— La vie mondaine vous intéresse ?

— Pas spécialement, monsieur, ai-je bredouillé.

Il m'a tendu la main.

— Jean Murraille !

Je me suis levé et, affectant la plus grande surprise :

— C'est vous qui dirigez ce...

— Moi-même...

J'ai dit, au hasard :

— Enchanté ! — Puis, avec effort : — J'aime beaucoup votre journal.

— Vraiment ?

Il souriait. J'ai dit :

— C'est très bien foutu.

Il a paru étonné d'entendre ce terme d'argot que j'employais à dessein pour établir entre nous une connivence.

— C'est très bien foutu, votre journal, ai-
je répété en prenant un air pensif.

— Vous êtes du métier ?

— Non.

Il s'attendait que je lui donne des précisions, mais j'ai gardé le silence.

— Cigarette ?

Il a sorti de sa poche un briquet en platine
qu'il a ouvert d'un geste sec. Il laissait pendre
sa cigarette au coin des lèvres comme elle y
pend pour l'éternité.

Hésitant :

— Vous avez lu l'éditorial de Gerbère ?
Vous n'êtes peut-être pas d'accord avec
l'orientation... politique du journal ?

— Je ne fais pas de politique, ai-je
répondu.

— Je vous pose cette question — il souriait — parce que j'aimerais connaître l'avis
d'un homme jeune...

— Merci.

— J'ai mis très peu de temps à trouver des
collaborateurs... nous formons une équipe
homogène. Il y a des journalistes venus de
tous les bords. Lestandi, Jo-Germain, Gerbère, Georges-Anquetil... Moi non plus, je
n'aime pas beaucoup la politique. Ennuyeux,
la politique ! — Rire bref. — Ce qui intéresse

le public, ce sont les potins et les reportages. Et les photos surtout ! Les photos ! J'ai choisi une formule… gaie !

— Les gens ont besoin de se détendre « dans une époque comme la nôtre », ai-je remarqué…

— Tout à fait d'accord !

J'ai pris mon souffle. D'une voix saccadée :

— Ce que j'aime surtout dans votre journal, ce sont les « potins indiscrets » de Lestandi. Très bien ! Très vivant !

— Lestandi est un type redoutable. Je ne suis pas toujours d'accord avec ses opinions politiques. Et vous ?

Cette question me prenait au dépourvu. Il me fixait de ses yeux bleu clair et j'ai compris que je devais répondre très vite avant que ne se crée entre nous un insupportable malaise.

— Moi ? Figurez-vous que je suis romancier à mes moments perdus.

L'aplomb avec lequel je débitai cette phrase m'étonna.

— Mais c'est très, très, très intéressant ! Et vous avez déjà publié ?

— Deux nouvelles dans une revue belge, l'année dernière.

— Vous êtes ici en villégiature ?

Il avait posé cette question brutalement,

comme s'il éprouvait une soudaine méfiance à mon égard.

— Oui.

J'étais sur le point d'ajouter que nous nous étions déjà croisés au bar et dans la salle à manger.

— C'est un endroit calme, n'est-ce pas ? — Il tirait nerveusement sur sa cigarette. — J'ai acheté une villa en bordure de la forêt. Vous habitez Paris ?

— Oui.

— En dehors de vos activités littéraires — il appuya sur le mot « littéraire », et je discernai une pointe d'ironie dans sa voix —, vous avez un travail régulier ?

— Non. C'est difficile en ce moment.

— Nous vivons une drôle d'époque. Je me demande comment tout cela finira. Et vous ?

— En attendant, il faut profiter de la vie.

Cette réflexion lui plut. Il éclata de rire.

— Après nous le déluge ! — Et il me tapa sur l'épaule. — Tenez, je vous invite à dîner ce soir !

Nous avons fait quelques pas dans le jardin. Pour alimenter la conversation, je lui ai déclaré que l'air était bien doux en ces fins d'après-midi, et que j'occupais l'une des chambres les plus agréables de l'auberge, l'une de celles qui donnaient directement sur la véranda.

J'ai ajouté que le Clos-Foucré me rappelait mon enfance parce que, autrefois, je venais souvent ici avec mon père. Je lui ai demandé s'il était satisfait de sa villa. Il aurait voulu en profiter plus souvent, mais le journal l'accaparait. D'ailleurs il aimait ça. Et Paris ne manquait pas de charme non plus. Nous prîmes place à l'une des tables. Vue du jardin, l'auberge avait un aspect campagnard et cossu et je ne manquai pas de lui en faire la remarque. La gérante (il l'appelait Maud) était, me dit-il, une amie de longue date. Elle lui avait conseillé d'acheter la villa. J'aurais voulu qu'il me donnât des précisions sur cette femme mais je craignais que ma curiosité ne lui parût suspecte.

Depuis très longtemps j'échafaudais les plans les plus divers pour entrer en contact avec eux. J'avais d'abord pensé à la femme rousse. Nos regards, à plusieurs reprises, s'étaient croisés. Il eût été facile de parler à Marcheret en se plaçant à côté de lui, au bar ! Impossible d'approcher directement de mon père à cause de son naturel méfiant. Quant à Murraille, il m'intimidait. Par quel biais l'aborder ? Et c'était lui, en définitive, qui

42

avait résolu le problème. Une idée me traversa l'esprit. Et s'il avait fait le premier pas pour savoir à quoi s'en tenir sur mon compte ? S'il avait remarqué le vif intérêt que je leur portais depuis trois semaines, la manière dont j'épiais chacun de leurs gestes, chacune de leurs paroles au bar ou dans la salle à manger ? Je me souvenais du reproche que l'on me fit quand je voulus entrer dans la police : « Mon petit, vous ne serez jamais un bon flic. Quand vous surveillez quelqu'un ou quand vous écoutez une conversation, ça se voit tout de suite. Vous êtes un enfant. »

Grève roulait vers nous une table chargée d'apéritifs. Nous bûmes du vermouth. Murraille m'annonça que je pourrais lire la semaine prochaine dans son journal un article « épatant » de Jo-Germain. Il prenait un ton familier comme s'il me connaissait depuis longtemps. Le jour baissait. Nous convînmes que cette heure était la plus agréable de la journée.

Le dos massif de Marcheret. Maud Gallas se tenait derrière le bar et elle a fait un signe de la main à Murraille quand nous sommes entrés. Marcheret s'est retourné.

43

— Comment ça va, Jean-Jean ?

— Bien, a répondu Murraille. J'ai un invité. Au fait — il m'a regardé en fronçant les sourcils — je ne connais même pas votre nom...

— Serge Alexandre.

Je m'étais inscrit sous cette identité au registre de l'auberge.

— Eh bien, monsieur... Alexandre, a déclaré Marcheret d'une voix traînante, je vous propose un porto-flip.

— Je ne bois pas d'alcool. — Le vermouth de tout à l'heure me donnait la nausée.

— Vous avez tort, a répliqué Marcheret.

— C'est un ami, a dit Murraille. Guy de Marcheret.

— Le comte Guy de Marcheret d'Eu, a rectifié l'autre. — Me prenant à témoin : — Il n'aime pas les particules ! Monsieur est républicain !

— Et vous ? Journaliste ?

— Non, a dit Murraille, c'est un romancier.

— Ça, par exemple ! J'aurais dû m'en douter. Avec un nom comme le vôtre ! Alexandre... Alexandre Dumas ! Mais vous avez l'air triste, je suis sûr qu'un peu d'alcool vous remonterait le moral !

Il me tendait son verre, l'avançait presque sous mon nez et riait sans raison aucune.

— N'ayez pas peur, me dit Murraille. Guy est un véritable boute-en-train.

— Monsieur Alexandre dîne avec nous ? Je lui raconterai des tas d'histoires qu'il pourra placer dans ses romans. Maud, racontez à notre ami quelle impression je fis lorsque j'entrai au *Beaulieu* en uniforme. Très romanesque, cette entrée, n'est-ce pas, Maud ?

Elle ne répondit pas. Il la regarda avec rancune mais elle soutint son regard. Il s'ébroua :

— Et puis, tout ça, c'est du passé ! Hein, Jean-Jean ? On dîne à la villa ?

— Oui, a répondu sèchement Murraille.

— Avec le gros ?

— Avec le gros.

Ainsi appelaient-ils mon père ?

Marcheret s'est levé. A Maud Gallas :

— Et si vous voulez prendre un verre tout à l'heure à la villa, n'hésitez pas, chère amie.

Elle a souri et son regard s'est posé sur moi. Nos rapports n'avaient pas dépassé la stricte politesse. Quand je la voyais seule, j'aurais voulu lui poser des questions sur Murraille, sur Marcheret, sur mon père. D'abord, lui parler de la pluie et du beau temps. Ensuite

45

entrer, par étapes, dans le vif du sujet. Mais je craignais de n'avoir pas assez de doigté. S'était-elle aperçue que je rôdais autour d'eux ? Dans la salle à manger, je choisissais toujours la table la plus proche de la leur. Pendant qu'ils consommaient au bar, je m'asseyais dans l'un des fauteuils de cuir et faisais semblant de dormir. Je leur tournais le dos pour ne pas attirer leur attention, mais, au bout d'un moment, je craignais qu'ils ne me désignassent du doigt.

— Bonsoir, Maud, a dit Murraille.

A mon tour, je l'ai saluée profondément et j'ai dit :

— Bonsoir, madame.

Mon cœur commence à battre quand nous nous retrouvons dans la grand-rue. Elle est déserte.

— J'espère, me dit Murraille, que la « Villa Mektoub » vous plaira.

— C'est le plus beau monument de la région, déclare Marcheret. Nous l'avons achetée pour une bouchée de pain.

Ils avancent à pas lents. J'ai l'impression, tout à coup, de me laisser prendre à un piège. Il est encore temps de courir et de les semer. Je garde les yeux fixés sur les premiers arbres

46

de la forêt, à cent mètres devant moi. En un élan, je pourrais les atteindre.

— Après vous, me dit Murraille d'un ton mi-ironique, mi-cérémonieux.

J'aperçois une silhouette familière, debout, au milieu de la véranda.

— Tiens, dit Marcheret, le gros est déjà là.

Il se tenait légèrement appuyé contre la balustrade. Elle, assise sur l'un des fauteuils de bois blanc, était en culotte de cheval. Murraille m'a présenté.

— Madame Sylviane Quimphe... Serge Alexandre... Baron Deyckecaire.

Il m'a tendu une main molle et je l'ai regardé bien en face. Non, il ne me reconnaissait pas.

Elle nous a expliqué qu'elle venait de faire une grande promenade en forêt et qu'elle n'avait pas eu le courage de se changer.

— Aucune importance, chère amie, a déclaré Marcheret. Les femmes sont beaucoup plus belles en tenue de cheval !

Aussitôt la conversation s'est orientée vers le sport hippique. Elle a dit le plus grand bien du maître de manège, un ancien jockey du nom de Dédé Wildmer.

Je l'avais déjà rencontré au bar du Clos-Foucré : visage de bouledogue, teint cramoisi, goût très marqué pour le Dubonnet, les casquettes à carreaux et les vestes de daim.

— Il faudra que nous l'invitions à dîner. Vous me le rappellerez, Sylviane, a dit Murraille.

Se tournant vers moi :

— Vous verrez, c'est un personnage !

— Oui, c'est un personnage, a répété mon père d'une voix timide.

Elle nous parlait de son cheval. Elle lui avait fait sauter quelques obstacles tout à l'heure et cela était « très concluant ».

— Il ne faut pas le ménager, a dit Marcheret d'un ton de connaisseur. Un cheval, ça se travaille aux éperons et à la cravache !

Il a évoqué un souvenir d'enfance : son vieil oncle basque l'obligeant à monter sept heures de suite sous la pluie. « Si tu tombes, lui disait-il, tu ne mangeras pas pendant trois jours ! »

— Eh bien, je ne suis jamais tombé. C'est comme ça — sa voix se fit solennelle — « qu'on forme des cavaliers » !

Mon père a émis un petit sifflement admiratif. Ils ont encore parlé de Dédé Wildmer.

— Je ne comprends pas que ce nabot ait

tant de succès avec les femmes, a dit Marcheret.

— Eh bien, moi, a remarqué Sylviane Quimphe, je le trouve très séduisant !

— J'en ai appris de belles, a répliqué sèchement Marcheret. Il paraît que Wildmer s'est « mis à la coco »...

Conversation stupide. Propos vains. Personnages morts. Mais j'étais là, avec mes fantômes, et je me souviens, si je ferme les yeux, qu'une vieille dame en tablier blanc nous a annoncé que le dîner était servi.

— Nous pourrions rester sur la véranda, a proposé Sylviane Quimphe. Il fait si bon ce soir...

Marcheret, lui, aurait voulu dîner aux chandelles, mais il a fini par admettre que « la pénombre bleutée dans laquelle nous baignions avait ses charmes ». Murraille servait à boire. Je crus comprendre qu'il s'agissait d'un vin illustre.

— Fameux ! s'exclama Marcheret, et il fit un claquement de langue que mon père reprit en écho.

J'étais placé entre Murraille et Sylviane Quimphe qui me demanda si je passais mes vacances ici.

— Je vous ai déjà vu au Clos-Foucré.

— Moi aussi, lui dis-je.

— Je crois même que nos chambres sont voisines.

Et elle me jeta un drôle de regard.

— M. Alexandre aime beaucoup mon journal, dit Murraille.

— Sans blague ? s'étonna Marcheret. Vous êtes bien le seul ! Si vous lisiez toutes les lettres anonymes que reçoit Jean-Jean... Dans la dernière, on le traite de pornographe et de gangster !

— Je m'en fous, dit Murraille. Voyez-vous, reprit-il en baissant la voix, on m'a fait une réputation détestable dans la presse. On m'a même accusé, avant-guerre, de toucher des enveloppes ! J'ai toujours excité l'envie des sous-fifres !

Il avait martelé ces derniers mots et le rouge lui montait au visage. On servait le dessert.

— Et que faites-vous dans la vie ? me demanda Sylviane Quimphe.

— Romancier, dis-je précipitamment.

Je regrettais de m'être présenté à Murraille sous cette curieuse étiquette.

— Vous écrivez des romans ?

— Vous écrivez des romans ? répéta mon père.

C'était la première fois qu'il m'adressait la parole depuis le début du dîner.

— Oui. Et vous ?

Il écarquillait les yeux.

— Moi ?

— Vous êtes ici... en villégiature ? lui demandai-je poliment.

Il me fixait avec un regard de bête traquée.

— M. Deyckecaire, dit Murraille — et il désignait mon père du doigt —, habite une très belle propriété à cent mètres d'ici. Ça s'appelle « Le Prieuré ».

— Oui... « Le Prieuré », dit mon père.

— C'est beaucoup plus impressionnant que la « Villa Mektoub ». Figurez-vous qu'il y a une chapelle dans le parc.

— Chalva est très croyant ! dit Marcheret.

Mon père pouffa de rire.

— N'est-ce pas, Chalva ? insista Marcheret. Quand est-ce qu'on va te voir en soutane ? Dis, Chalva ?

— Malheureusement, me dit Murraille, notre ami Deyckecaire est comme nous. Ses occupations le retiennent à Paris.

— Lesquelles ? hasardai-je.

— Rien d'intéressant, dit mon père.

— Mais si ! dit Marcheret, je suis sûr que M. Alexandre aimerait que tu lui expliques

51

toutes tes combinaisons financières ! Savez-
vous que Chalva — il prenait un ton moqueur
— est un chevalier d'industrie. Il pourrait
donner des leçons à Sir Basil Zaharoff !

— Ne le croyez pas, murmura mon père.

— Je vous trouve tellement mystérieux,
Chalva, dit Sylviane Quimphe en joignant les
mains.

Il sortit un grand mouchoir dont il s'épongea
le front et je me rappelle brusquement que ce
geste lui est familier. Il se tait. Moi aussi. La
lumière baisse. Là-bas, les trois autres tiennent un conciliabule. Je crois que Marcheret
dit à Murraille :

— Ta nièce m'a téléphoné. Qu'est-ce
qu'elle fout à Paris ?

Murraille s'étonne de ces brutalités de
langage. Un Marcheret, un d'Eu, parler de
cette façon !

— Si ça continue, dit l'autre, je romps les
fiançailles !

— Tut... tut... Ce serait une erreur, dit
Murraille.

Sylviane profite du silence pour raconter
qu'un certain Eddy Pagnon, dans un cabaret
où elle se trouvait en sa compagnie, a brandi
un revolver d'enfant devant les clients terri-
fiés. Eddy Pagnon... Encore un nom qui court

dans ma mémoire. Personnage? Je ne sais pas, mais cet homme me plaît qui sort un revolver dont il menace des ombres.

Mon père était venu s'accouder contre la balustrade de la véranda et je m'approchai de lui. Il avait allumé un cigare qu'il fumait rêveusement. Au bout de quelques minutes, il s'appliqua à faire des ronds de fumée. Derrière nous, les autres chuchotaient et semblaient nous avoir oubliés. Lui-même ignorait ma présence bien que j'eusse toussoté à plusieurs reprises, et nous restâmes là longtemps, lui à dessiner ses ronds et moi à surveiller la perfection de ceux-ci.

Nous passâmes au salon. On y accédait de la véranda par une porte-fenêtre. C'était une grande pièce meublée en style colonial. Sur le mur du fond, un papier peint aux couleurs tendres représentait (Murraille me l'expliqua par la suite) une scène de *Paul et Virginie*. Un rocking-chair, de petites tables et des fauteuils en rotin. Poufs de-ci, de-là. (J'appris que Marcheret les avait ramenés de Bouss-Bir en quittant la Légion.) Trois lanternes chinoises accrochées au plafond répandaient une lumière incertaine. Sur une étagère, je remarquai quelques pipes à opium... Tout cet assemblage hétéroclite et fané évoquait le

Tonkin, les planteurs de Caroline du Sud, la
concession française de Shanghai, le Maroc
de Lyautey et je dus mal dissimuler ma
surprise puisque Murraille me dit d'un air
gêné : « C'est Guy qui a choisi l'ameuble-
ment. » Je m'assis, en retrait. Ils parlaient à
voix basse, devant un plateau de liqueurs. Le
malaise que j'éprouvais depuis le début de la
soirée s'aggrava et je me demandai alors s'il
ne valait pas mieux prendre congé. Mais
j'étais incapable de me mouvoir, comme dans
ces mauvais rêves où l'on voudrait fuir devant
le danger qui s'avance et où l'on sent ses
jambes se dérober. Les paroles, les gestes, les
visages avaient pris, au cours du dîner, un
caractère flou et irréel à cause de la pénombre ; et maintenant, sous la clarté avare que
distillaient les lampes du salon, tout devenait
encore plus imprécis. J'ai pensé que mon
malaise était celui d'un homme qui tâtonne
dans une obscurité poisseuse et cherche vai-
nement un commutateur. Aussitôt un rire
nerveux m'a secoué, que les autres — fort
heureusement — n'ont pas remarqué. Ils
poursuivaient leur entretien sans que je pusse
en saisir un seul mot. Ils étaient vêtus comme
le sont d'ordinaire les Parisiens aisés qui
passent quelques jours à la campagne. Mur-

raille portait une veste de tweed ; Marcheret un chandail, du plus beau brun, en cachemire sans doute ; mon père un complet de flanelle grise. Leurs cols s'ouvraient sur des foulards de soie, impeccablement noués. La culotte de cheval de Sylviane Quimphe ajoutait à l'ensemble une note d'élégance sportive. Mais tout cela détonnait dans ce salon où l'on se serait attendu à voir des gens en costumes de toile blanche et casques coloniaux.

— Vous faites bande à part ? me demanda Murraille. C'est ma faute. Je suis un très mauvais maître de maison.

— Vous n'avez pas encore goûté, cher monsieur Alexandre, la délicieuse fine que voilà. — Et Marcheret me tendait un verre d'un geste impératif. — Buvez !

Je m'y efforçai en réprimant un haut-le-cœur.

— Vous aimez cette pièce ? me demanda-t-il. Exotique, n'est-ce pas ? Je vous montrerai ma chambre. J'y ai fait installer une moustiquaire.

— Guy a la nostalgie des colonies, dit Murraille.

— Des endroits infects, dit Marcheret. — Rêveur : — Mais si on me proposait d'y retourner, je rempilerais.

Il se tut comme si tout ce qu'il pouvait dire à ce sujet ne serait compris de personne. Mon père hocha la tête. Il y eut un très long moment de silence. Sylviane Quimphe caressait ses bottes d'une main distraite. Murraille suivait des yeux le vol d'un papillon qui se posa sur l'une des lanternes chinoises. Mon père, lui, était tombé dans un état de prostration qui m'inquiétait. Son menton touchait presque sa poitrine, des gouttes de sueur perlaient à son front. Je souhaitais qu'un boy vînt d'un pas traînant pour débarrasser la table et éteindre les lumières.

Marcheret posa un disque sur le phono. Une mélodie douce. Cela s'appelait, je crois, *Soir de septembre.*

— Vous dansez ? m'a demandé Sylviane Quimphe.

Elle n'a pas attendu ma réponse et, déjà, nous dansons. La tête me tourne. Mon père m'apparaît à chaque fois que je vire et volte.

— Vous devriez monter à cheval, me dit-elle. Si vous voulez, demain je vous emmène au manège.

S'était-il endormi ? Je n'avais pas oublié qu'il fermait les yeux, souvent, mais qu'il ne s'agissait là que d'une feinte.

56

— Vous verrez, c'est tellement agréable, les grandes promenades en forêt !

Il avait beaucoup grossi en dix ans. Je ne lui connaissais pas ce teint plombé.

— Vous êtes un ami de Jean ? m'a-t-elle demandé.

— Pas encore, mais j'espère que cela viendra.

Elle a paru étonnée de cette réponse.

— Et j'espère que nous serons amis vous et moi, ai-je ajouté.

— Bien sûr. Je vous trouve charmant.

— Vous connaissez ce... baron Deycke-caire ?

— Pas très bien.

— Qu'est-ce qu'il fait, au juste ?

— Je ne sais pas ; il faudrait le demander à Jean.

— Je le trouve bizarre, moi, ce baron.

— Oh, il doit trafiquer...

A minuit, Murraille a voulu écouter le dernier bulletin d'information. La voix du speaker était encore plus aiguë que d'habitude. Après avoir énoncé brièvement les nouvelles, il s'est livré à une sorte de commentaire sur un ton hystérique. Je l'imaginais derrière son micro : malingre, cravaté de noir

et en manches de chemise. Il a conclu :
« Bonne nuit à vous tous. »

— Merci, a dit Marcheret.

Murraille me prenait à part. Il se frotta
l'aile du nez, posa la main sur mon épaule.

— Au fait... dites... Je viens de penser à
quelque chose. Ça vous plairait de collaborer
au journal ?

— Vous croyez ?

J'avais un peu bégayé et le résultat avait été
ridicule : Vous croi-croyez ?...

— J'aimerais beaucoup, oui, qu'un garçon
comme vous travaille à *C'est la vie*. A moins
que le journalisme ne vous rebute ?

— Pas du tout !

Il hésita, puis sur un ton plus amical :

— Je ne voudrais pas vous compromettre
étant donné le caractère un peu... particulier
de mon journal...

— Je n'ai pas peur de me mouiller, lui dis-
je.

— C'est courageux de votre part.

— Mais que voulez-vous que j'écrive ?

— Oh, à votre choix : une nouvelle, une
chronique, un article dans le genre « choses
vues ». Vous avez tout votre temps.

Il avait articulé ces derniers mots avec une

insistance curieuse et en me regardant droit dans les yeux.

— C'est d'accord ? — Il sourit. — Vous vous mouillez ?

— Pourquoi pas ?

Nous avons rejoint les autres. Marcheret et Sylviane Quimphe parlaient d'un établissement nocturne qui venait de s'ouvrir rue Jean-Mermoz. Mon père s'était mêlé à la conversation : il avait un faible, lui, pour le bar américain de l'avenue de Wagram dont le patron était un ancien coureur cycliste.

— Tu veux parler du *Rayon d'Or ?* lui demanda Marcheret.

— Non, ça s'appelle le *Fairy-land*, dit mon père.

— Tu te trompes, gros ! Le *Fairy-land*, c'est rue Fontaine !

— Mais non, dit mon père.

— 47 rue Fontaine. On va voir ?

— Tu as raison, Guy, soupira mon père. Tu as raison...

— Est-ce que vous connaissez le *Château-Bagatelle ?* demanda Sylviane Quimphe. Il paraît qu'on s'y amuse beaucoup.

— Rue de Clichy ? s'informa mon père.

— Mais non ! cria Marcheret. Rue Magellan ! Tu confonds avec chez *Marcel Dieu-*

donné ! Tu confonds tout ! La dernière fois, nous avions rendez-vous à *L'Écrin* rue Joubert, et monsieur nous a attendus jusqu'à minuit, rue de Hanovre, au *Cesare Leone !* N'est-ce pas, Jean ?

— Ce n'est pas très grave, bougonna Muraille.

Pendant un quart d'heure, des noms de bars et de boîtes égrenés en chapelet comme si Paris, la France, l'univers, n'eussent été qu'un quartier réservé, un immense bordel à ciel ouvert.

— Et vous, monsieur Alexandre, vous sortez beaucoup ?

— Non.

— Eh bien, cher ami nous vous initierons « aux douceurs des nuits parisiennes ».

Ils buvaient toujours en évoquant d'autres endroits dont les noms m'éclaboussaient au passage : *Armorial, Czardas, Honolulu, Schubert, Gipsys, Monico, L'Athénien, Mélody's, Badinage.* Ils étaient tous saisis d'une volubilité qui semblait intarissable. Sylviane Quimphe déboutonnait son chemisier, les visages de mon père, de Marcheret, de Muraille s'altéraient, prenaient une teinte sang-de-bœuf tout à fait inquiétante. Seuls me parvenaient encore quelques noms : *Triolet, Monte-*

Cristo, Capurro's, Valencia. La tête me tournait. Aux colonies — pensai-je — les soirées doivent se prolonger interminablement comme celle-ci. Des planteurs neurasthéniques moulinent leurs souvenirs et tâchent de combattre la peur qui les empoigne de crever à la prochaine mousson.

Mon père s'est levé. Il leur a dit qu'il se sentait fatigué et qu'il avait un travail à terminer cette nuit.

— Tu vas fabriquer de la fausse monnaie, Chalva? a demandé Marcheret d'une voix pâteuse. Vous ne trouvez pas, monsieur Alexandre, qu'il a une gueule de faussaire?

— Ne l'écoutez pas, m'a dit mon père. Il a serré la main de Murraille.

— C'est d'accord, lui a-t-il murmuré. Je m'occupe de tout cela.

— Je compte sur vous, Chalva.

Quand il est venu me saluer, je lui ai dit :

— Je rentre, moi aussi. Nous pouvons faire un bout de chemin ensemble.

— Avec plaisir, monsieur.

— Vous partez déjà? m'a demandé Sylviane Quimphe.

— Si j'étais vous, m'a lancé Marcheret, je me méfierais de lui! Et il désignait mon père du doigt.

61

Murraille nous a accompagnés jusqu'au seuil de la véranda.

— J'attends votre article, m'a-t-il dit. Bon courage !

Nous marchions en silence. Il a paru étonné que je prenne avec lui le chemin du Bornage, au lieu de continuer tout droit, jusqu'à l'auberge. Il m'a jeté un regard furtif. Me reconnaissait-il ? J'ai voulu le lui demander mais je me rappelai l'habileté avec laquelle il éludait les questions gênantes. Ne m'avait-il pas déclaré un jour : « Je découragerais dix juges d'instruction ? » Nous avons dépassé un lampadaire. Quelques mètres plus loin, c'était de nouveau la pénombre. Les maisons que je distinguais semblaient abandonnées. Le bruissement du vent dans les feuillages. Peut-être avait-il oublié, au cours de ces dix ans, jusqu'à mon existence. Que de soins et d'intrigues afin de marcher aux côtés de cet homme... Je revoyais le salon de la « Villa Mektoub », les visages de Murraille, de Marcheret, de Sylviane Quimphe et Maud Gallas derrière le bar, et Grève traversant le jardin... Les gestes, les paroles, mes alertes, mes guets, mes alarmes au long de ces journées interminables. Une envie de vomir... J'ai dû m'arrêter pour reprendre souffle. Il s'est tourné vers moi. Un autre lampadaire se dressait à sa gauche et l'enveloppait d'une clarté neigeuse. Il se tenait immobile, pétrifié, et j'ai failli, tout à coup, le toucher et m'assurer qu'il ne s'agissait pas d'un mirage. Quand nous avons poursuivi notre marche, je me suis souvenu de nos promenades, jadis, dans Paris. Nous déambulions côte à côte, comme cette nuit. Nous n'avions même fait que cela depuis que nous nous connaissions. Marcher, sans qu'aucun de nous rompe le silence. Et cela continuait. Après le tournant, nous nous trouverions devant la grille du « Prieuré ». J'ai dit à voix basse : « C'est une belle nuit, n'est-ce pas ? » Il a répondu distraitement : « Oui, une très belle nuit. » Nous étions à quelques mètres de la grille et j'attendais l'instant où il me serrerait la main pour prendre congé. Ensuite, je le verrais se perdre dans l'obscurité et je resterais là, au milieu de cette route, dans l'état d'hébétude où l'on se trouve après avoir laissé passer l'occasion, peut-être, d'une vie.

— Voilà, m'a-t-il dit. J'habite ici.

Il me désignait d'un geste timide la maison qu'on devinait au bout de l'allée. Le toit brillait d'un doux éclat sous la lune.

— Ah bon ? C'est là ?

— Oui.

Une gêne entre nous. Il avait sans doute voulu me faire comprendre qu'il était temps de nous quitter et voyait que je ne me décidais pas.

— Ça m'a l'air d'une très belle maison, ai-je dit en prenant un air convaincu.

— Une très belle maison, en effet.

J'ai deviné une pointe de nervosité dans sa voix.

— Vous l'avez achetée récemment ?

— Oui. Enfin non ! — Il bafouillait. — Il s'était appuyé contre la grille et ne bougeait pas.

— Vous la louez, cette maison ?

Son regard essayait d'accrocher le mien et cela me surprit. Il ne regardait jamais les gens en face.

— Oui, je la loue.

Il avait articulé ces mots à la limite de l'audible.

— Vous devez me trouver bien indiscret ?

— Mais pas du tout, cher monsieur !

Il ébaucha un sourire qui était plutôt un tremblement des lèvres, comme s'il craignait de recevoir un coup, et j'ai eu pitié de lui. Ce sentiment que j'éprouvais depuis toujours à

64

son égard me causait une brûlure vive à l'estomac.

— Vos amis sont charmants, ai-je dit. J'ai passé une excellente soirée.

— Tant mieux.

Cette fois-ci, il me tendait la main.

— Il faut que je rentre travailler.

— A quoi ?

— Rien d'intéressant. De la comptabilité.

— Bon courage, ai-je murmuré. J'espère vous revoir un de ces jours.

— Avec plaisir, monsieur.

Au moment où il poussait la grille, je me suis senti en proie au vertige : lui taper sur l'épaule et lui expliquer en détail tout le mal que je m'étais donné pour le retrouver. A quoi bon ? Il suivait l'allée lentement, de la démarche d'un homme fourbu. Il est resté, un long moment, debout sur le perron. De loin, sa silhouette me semblait informe. Appartenait-elle à un homme ou à l'une de ces créatures monstrueuses qui surgissent, les nuits de fièvre ?

S'est-il demandé ce que je faisais là, à attendre, derrière la grille ?

J'ai fini, grâce à ma patience acharnée, par les mieux connaître. En ce mois de juillet, leurs occupations ne les retenaient pas à Paris et ils « profitèrent » de la campagne (comme disait Murraille). Tout ce temps, je l'ai passé auprès d'eux, je les ai écoutés parler avec une docilité et une attention soutenue. Je consignais, sur de petites fiches, les renseignements que j'avais glanés. Je sais bien que le curriculum vitae de ces ombres ne présente pas un grand intérêt, mais si je ne le dressais pas aujourd'hui, personne d'autre ne s'y emploierait. C'est mon devoir, à moi qui les ai connus, de les sortir — ne fût-ce qu'un instant — de la nuit. C'est mon devoir et c'est aussi, pour moi, un véritable besoin.

Murraille. Il se lia, très jeune, au café Brébant, avec un groupe de journalistes du *Matin.* Ceux-ci l'engagèrent à entrer dans la profession. Il le fit. A vingt ans, factotum, puis secrétaire d'un individu qui dirigeait une feuille de chantage. Sa devise était : « Pas de menaces. Une simple pression. » Murraille allait chercher les enveloppes au domicile des intéressés. Il se souvenait de leur accueil peu cordial. Quelques-uns, pourtant, lui manifestaient une amabilité onctueuse et lui demandaient d'intercéder en leur faveur auprès de

66

son patron afin qu'il se montrât moins exigeant. Ceux-là avaient « beaucoup de choses à se reprocher ». Au bout de quelque temps, il fut promu rédacteur, mais les articles qu'il devait écrire étaient d'une effrayante monotonie et commençaient tous par : « On apprend, de source sûre, que M. X… » ou : « Comment se fait-il que M. Y… » ou bien : « Est-il vrai que M. Z… » Suivaient des « révélations » dont Murraille avait honte d'être le propagateur. Son patron lui recommandait de conclure toujours par un petit couplet moral dans le genre : « Il faut que les méchants soient punis », ou bien par ce qu'il appelait une « note d'espoir » : « Nous souhaitons de tout cœur que M. X… (ou M. Y…) retrouve le droit chemin. Nous en sommes même sûrs car, comme dit l'évangéliste, tout homme dans sa nuit s'en va vers sa lumière », etc. Murraille éprouvait une tristesse passagère en touchant son salaire à la fin du mois. Et puis les bureaux du 30 *bis* rue de Grammont invitaient à certaine mélancolie : papiers peints défraîchis, meubles vieillots, lumière parcimonieuse. Tout cela n'avait rien d'exaltant pour un garçon de son âge. S'il demeura trois ans dans cette officine, c'est qu'il touchait de gros émoluments. Son patron savait se montrer généreux et lui donnait le quart des bénéfices. Cet homme (le sosie, paraît-il, de Raymond Poincaré) ne manquait pas de sensibilité. Il tombait souvent dans un état de grande tristesse et confiait à Murraille qu'il était devenu maître chanteur parce que ses semblables l'avaient déçu. Il les croyait bons — mais s'était vite rendu compte de sa méprise ; alors il avait décidé de dénoncer sans relâche leurs turpitudes. Et de les faire PAYER. Un soir, dans un restaurant, il mourut d'un infarctus. Ses derniers mots furent : « Si vous saviez !... » Murraille avait vingt-cinq ans. Ce furent, pour lui, des temps difficiles. Il tenait la rubrique de cinéma et de music-hall dans quelques journaux.

Sa réputation devint bientôt détestable dans les milieux de la presse : on le traitait couramment de « planche pourrie ». Il en a souffert, mais sa nonchalance et son goût de la vie facile le rendaient incapable de se corriger. Il craignait toujours de manquer d'argent et cette éventualité le jetait dans des états de transes. Il eût été alors capable de n'importe quoi, comme un drogué pour se procurer sa dose.

Au moment où je l'ai connu, il triomphait. Il dirigeait enfin son propre journal. « Les

68

temps troublés que nous traversions » lui avaient permis de réaliser ce rêve. Il profitait du désordre et de la nuit. Dans ce monde qui s'en allait à la dérive, il se sentait parfaitement à l'aise. Je me suis souvent demandé comment un homme d'allure si distinguée (tous ceux qui l'ont approché vous parleront de son élégance naturelle et de son regard clair) et capable quelquefois d'une si grande générosité pût être à ce point dénué de scrupules. Une chose me plaisait beaucoup en lui : il ne se faisait aucune illusion sur son compte. Un camarade de régiment lui avait tiré dessus, par mégarde, en nettoyant son fusil et la balle s'était logée à quelques centimètres du cœur. Combien de fois m'a-t-il répété : « Quand je serai condamné à mort sans circonstances atténuantes, les types qu'on chargera de me foutre douze balles dans la peau pourront en économiser une. »

Marcheret, lui, était originaire du quartier des Ternes. Sa mère, veuve d'un colonel, avait essayé de l'élever le mieux possible. Cette femme, vieillie précocement, se sentait menacée par le monde extérieur. Elle aurait souhaité que son fils entrât dans les ordres. Là, au moins, il ne risquerait rien. Marcheret, dès l'âge de quinze ans, n'eut qu'une idée : quitter le plus vite possible leur minuscule appartement de la rue Saussier-Leroy, où le maréchal Lyautey, dans son cadre, semblait l'épier d'un regard très doux. (Il y avait même une dédicace sur la photo : « Au colonel de Marcheret. Tendrement. Lyautey. ») Sa mère eut bientôt de sérieuses raisons de s'inquiéter : études chaotiques, paresse. Renvoi du lycée Chaptal pour avoir fracturé le crâne de l'un de ses condisciples. Fréquentation assidue des cafés et des lieux de plaisir. Parties de billard et de poker qui se prolongeaient jusqu'à l'aube. Besoins d'argent de plus en plus impérieux. Elle ne lui faisait aucun reproche. Ce n'était pas lui, le coupable, mais les autres, les méchants, les communistes, les juifs. Comme elle aurait aimé qu'il restât dans sa chambre à l'abri... Un soir, Marcheret déambulait le long de l'avenue de Wagram. Il éprouvait cette exaspération qui vous prend toujours à vingt ans, par rafales, lorsqu'on ne sait à quoi employer sa vie. Au remords de causer de la peine à sa mère, se mêlait la colère de n'avoir que cinquante francs en poche... Ça ne pouvait plus durer. Il entra dans un cinéma. On y donnait *Le Grand Jeu* avec Pierre Richard-Willm. L'histoire d'un jeune homme qui partait pour la Légion. Marcheret croyait voir sa propre image sur l'écran. Il resta deux séances de suite, fasciné par le désert, la ville arabe et les uniformes. A 18 heures, ce fut le légionnaire Guy de Marcheret qui se dirigea vers le café le plus proche et commanda un blanc-cassis. Puis un autre. Il s'engagerait le lendemain.

Au Maroc, deux ans plus tard, il apprit la mort de sa mère. Elle n'avait jamais pu se faire à son absence. A peine venait-il de confier sa peine à un voisin de chambrée, un Géorgien du nom d'Odicharvi, que celui-ci l'entraîna dans un établissement de Bouss-Bir, mi-bordel, mi-café maure. A la fin de la soirée, il eut la bonne idée de lever son verre et de crier à la cantonade en désignant Marcheret : « A la santé de l'orphelin ! » Il voyait juste. Orphelin, Marcheret l'avait toujours été. Et s'il s'engagea à la Légion, ce fut peut-être pour retrouver la trace de son père. Mais il n'y avait au rendez-vous que la solitude, le sable et les mirages du désert.

Il revint en France avec un perroquet et le paludisme. « Dans ces cas-là, ce qui est emmerdant — m'expliqua-t-il — c'est que personne ne vient vous attendre à l'arrivée du

71

train. » Il se sentait de trop. Il avait perdu l'habitude de toutes ces lumières et de cette agitation. Il craignait de traverser les rues et, place de l'Opéra, saisi d'une panique, il demanda à un agent de le conduire par la main jusqu'au trottoir d'en face. Enfin il eut la chance de rencontrer un ex-légionnaire, comme lui, qui tenait un bar, rue d'Armaillé. Ils échangèrent leurs souvenirs. L'autre lui assura le gîte, le couvert, adopta le perroquet, si bien que Marcheret reprit plus ou moins goût à la vie. Il plaisait aux femmes. C'était l'époque — si lointaine — où la Légion faisait battre les cœurs. Une comtesse hongroise, la veuve d'un gros industriel, une danseuse de Tabarin — bref « des blondes » comme disait Marcheret — se prirent aux charmes de ce blédard nostalgique qui, de leurs soupirs, tira de substantiels bénéfices. Souvent, par conscience professionnelle, il apparaissait dans les boîtes de nuit, revêtu de son ancien uniforme. Boute-en-train, en quelque sorte.

Maud Gallas. Sur elle, je ne possède pas beaucoup de renseignements. Elle avait commencé une carrière de chanteuse — expérience sans lendemain. Marcheret m'a affirmé qu'elle fut gérante d'un établissement nocturne du quartier de la Plaine Monceau où ne fréquentait qu'une clientèle féminine. Murraille prétendait même qu'à la suite d'une affaire de recel, elle était interdite de séjour dans le département de la Seine. L'un de ses amis avait acheté le Clos-Foucré aux Beausire et elle s'occupait de l'auberge, grâce à ce riche protecteur.

Annie Murraille avait vingt-deux ans. Une blonde diaphane. Était-elle vraiment la nièce de Jean Murraille ? Je n'ai jamais pu l'éclaircir. Elle voulait faire une grande carrière au cinéma et rêvait de voir son nom « inscrit en lettres lumineuses ». Après avoir tenu quelques petits rôles, elle fut la vedette de *Nuit de rafles*, un film aujourd'hui bien oublié. Je suppose qu'elle se fiança avec Marcheret parce qu'il était le meilleur ami de Murraille. Elle éprouvait pour son oncle (l'était-il vraiment ?) une affection sans limites. S'il se trouve encore quelques personnes qui se souviennent d'Annie Murraille, ils auront gardé d'elle l'image d'une jeune actrice malchanceuse mais si émouvante... Elle voulait profiter de la vie...

73

J'ai mieux connu *Sylviane Quimphe*. Milieu modeste. Son père occupait un poste de veilleur de nuit aux anciennes usines Samson. Elle passa toute son adolescence dans un quadrilatère limité au nord par l'avenue Daumesnil, au sud par les quais de la Rapée et de Bercy. Ce paysage n'a jamais attiré beaucoup de promeneurs. Par endroits, vous vous croyez perdu au fond d'une lointaine province et, si vous longez la Seine, vous avez l'impression de découvrir un port désaffecté. Le passage du métro aérien sur le pont de Bercy et les bâtiments de la morgue ajoutent à l'irrémédiable mélancolie du lieu. Dans ce décor ingrat, il existe pourtant une zone privilégiée qui aimante les rêves : la gare de Lyon. C'était devant elle qu'échouait toujours Sylviane Quimphe. A seize ans, elle en explorait les moindres recoins. En particulier les quais de départ des grandes lignes. Les mots « Compagnie internationale des wagons-lits » lui mettaient du rose aux joues. Ensuite elle rentrait chez elle, rue Corbineau, en répétant le nom des villes qu'elle ne connaîtrait jamais. Bordighera-Rimini-Vienne-Stamboul. Devant l'immeuble, il y avait un petit square où se condensaient, à la tombée du jour, tout l'ennui et le charme désolé du XII arrondissement. Elle s'asseyait sur un banc. Pourquoi n'était-elle pas montée dans un wagon, au hasard ? Elle décida de ne plus rentrer à la maison. D'ailleurs, son père était absent pendant la nuit. Elle avait le champ libre.

De l'avenue Daumesnil, elle glissa vers le dédale de ruelles que l'on nomme « Quartier chinois » (existe-t-il encore aujourd'hui ? Une colonie d'asiatiques y avait ouvert des bars crasseux, de petits restaurants et même — paraît-il — plusieurs fumeries d'opium). L'humanité disparate que l'on voit aux alentours des gares barbotait dans cet îlot insalubre comme dans un marécage. Elle y trouva ce qu'elle était venue chercher : un ancien employé de l'agence Cook — beau parleur, physique avantageux, vivotant de divers trafics —, et qui eut aussitôt des projets bien précis concernant l'avenir de cette toute jeune fille. Elle voulait voyager ? On arrangerait ça. Son cousin, justement, était contrôleur des wagons-lits. Les deux hommes offrirent à Sylviane un Paris-Milan aller-retour. Mais au départ, ils lui présentèrent un musicien gras et rose dont elle dut satisfaire, pendant l'aller, les caprices compliqués. Et ce fut en compagnie d'un industriel belge qu'elle effectua le trajet de retour. Cette prostitution itinérante rapportait beaucoup car les deux cousins jouaient à merveille leur rôle de rabatteurs. Le fait que l'un d'eux fût employé aux wagons-lits facilitait les choses : il trouvait des clients pendant le voyage et Sylviane Quimphe se souvenait d'un Paris-Zurich au cours duquel elle reçut d'affilée huit hommes dans son single. Elle n'avait pas vingt ans. Pourtant il faut croire aux miracles. Dans le couloir d'un train, entre Bâle et La Chaux-de-Fonds, elle fit la connaissance de Jean-Roger Hatmer. Ce jeune homme au regard triste appartenait à une famille qui s'était distinguée dans le commerce des sucres et des textiles. Il venait de toucher un gros héritage et ne savait à quoi l'employer. Pas plus que sa vie, d'ailleurs. Il trouva en Sylviane Quimphe une raison d'être et l'entoura d'une dévotion respectueuse. Pendant les quatre mois que dura leur vie commune, il ne se permit vis-à-vis d'elle aucune privauté. Chaque dimanche, il lui offrait une mallette pleine de bijoux et de billets de banque en lui disant d'une voix sourde : « Pour voir venir. » Il voulait que, plus tard, elle fût « à l'abri du besoin ». Hatmer, qui s'habillait de noir et portait des lunettes cerclées d'acier, avait la discrétion, la modestie, la bienveillance que l'on rencontre quelquefois chez de vieux secrétaires. Il s'intéressait beaucoup aux papillons, tenta de faire partager cette passion à Sylviane Quimphe, mais s'aperçut vite que cela l'ennuyait. Un jour, il lui laissa ce mot : « ILS vont me faire passer devant un conseil de famille et m'interner certainement dans une maison de santé. Nous ne pourrons plus nous revoir. Il reste encore un petit Tintoret sur le mur gauche du salon. Prenez-le. Et vendez-le. *Pour voir venir.* » Elle n'eut plus de nouvelles de lui. Grâce à ce garçon prévoyant, elle était délivrée de tout souci matériel pour le reste de ses jours. Elle connut bien d'autres aventures mais je me sens tout à coup vraiment découragé.

Murraille, Marcheret, Maud Gallas, Sylviane Quimphe... Ce n'est pas de gaieté de cœur que je donne leur pedigree. Ni par souci du romanesque, n'ayant aucune imagination. Je me penche sur ces déclassés, ces marginaux, pour retrouver, à travers eux, l'image fuyante de mon père. Je ne sais presque rien de lui. Mais j'inventerai.

C'est à dix-sept ans que je l'ai rencontré pour la première fois. Le surveillant général

77

du collège Saint-Antoine, de Bordeaux, est venu me prévenir qu'on m'attendait au parloir. Un inconnu à la peau basanée, au costume de flanelle sombre et qui se leva lorsqu'il m'aperçut.

— Je suis votre papa...

Nous nous sommes retrouvés dehors, par un après-midi de juillet qui marquait la fin de l'année scolaire.

— Il paraît que vous avez réussi votre baccalauréat ?

Il me souriait. J'ai jeté un dernier regard sur les murs jaunes de l'internat où j'avais moisi huit ans.

Si je fouille plus loin dans mes souvenirs, que vois-je ? Une dame aux cheveux gris à laquelle il m'avait confié. Cette personne tenait avant la guerre les vestiaires du *Frolic's* (un bar, rue de Grammont) et s'était retirée à Libourne. C'est là, dans sa maison, que j'ai grandi.

Ensuite le collège, à Bordeaux.

Il pleut. Mon père et moi nous marchons côte à côte, sans dire un mot, jusqu'au quai des Chartrons où habitent mes correspondants, les Pessac. (Ils appartiennent à cette aristocratie des vins et du cognac dont je souhaite le déclin rapide.) Les après-midi

passés chez eux comptent parmi les plus
tristes de ma vie, et je n'en parlerai pas.

Nous gravissons l'escalier monumental. La
bonne vient nous ouvrir. Je cours jusqu'au
débarras où je leur avais demandé la permission de laisser une valise remplie de livres
(romans de Bourget, de Marcel Prévost ou de
Duvernois, strictement interdits au collège).
J'entends tout à coup la voix sèche de M. Pessac : « Que faites-vous ici ? » Il s'adresse à
mon père. Me voyant la valise à la main, il
fronce les sourcils : « Vous partez ? Mais quel
est ce monsieur ? » J'hésite, puis je bre-
douille : « MON PÈRE ! » Visiblement, il ne me
croit pas. Soupçonneux : « Si je comprends
bien, vous partiez comme un voleur ? » Cette
phrase s'est gravée dans ma mémoire car nous
ressemblions, en effet, à deux voleurs pris en
flagrant délit. Mon père, devant ce petit
homme à moustaches et veste brune d'intérieur, restait muet et mâchonnait son cigare
pour se donner une contenance. Moi-même, je
ne pensais qu'à une chose : déguerpir le plus
vite possible. M. Pessac s'était tourné vers
mon père et le considérait avec curiosité. Sa
femme apparut sur ces entrefaites. Puis sa
fille et son fils aîné. Ils restaient là, à nous
observer en silence, et j'eus le sentiment que

79

nous nous étions introduits par effraction dans cet intérieur bourgeois. Quand mon père fit tomber la cendre de son cigare sur le tapis, je remarquai leur expression de mépris amusé. La jeune fille pouffa de rire. Son frère, blanc-bec boutonneux qui affectait un « chic anglais » (chose courante à Bordeaux), lança d'une voix perchée : « Monsieur voudrait peut-être un cendrier ?... — Allons, François-Marie, murmura Mme Pessac. Ne soyez pas grossier. » Et elle avait articulé ces derniers mots en regardant mon père avec insistance, comme pour lui faire comprendre que ce qualificatif s'adressait à lui. M. Pessac conservait son flegme dédaigneux. Je crois que ce qui les avait indisposés, c'était la chemise vert pâle de mon père. Face à l'hostilité manifeste de ces quatre personnes, il ressemblait à un gros papillon pris au piège. Il tripotait son cigare et ne savait où l'éteindre. Il reculait vers la sortie. Les autres ne bougeaient pas et jouissaient sans vergogne de son embarras. Tout à coup, j'éprouvai une sorte de tendresse pour cet homme que je connaissais à peine, me dirigeai vers lui et dis à voix haute : « Monsieur, permettez-moi de vous embrasser. » Cela fait, je lui pris son cigare des doigts et l'écrasai consciencieusement sur la table de marqueterie à laquelle Mme Pessac tenait tant. J'ai tiré mon père par la manche.

— Ça suffit comme ça, lui ai-je dit. Partons.

Nous passâmes à l'hôtel Splendid où l'attendaient ses bagages. Un taxi nous conduisit gare Saint-Jean. Dans le train, il y eut entre nous l'ébauche d'une conversation. Il m'expliqua que ses « affaires » l'avaient empêché de me donner signe de vie, mais que nous allions désormais habiter ensemble à Paris, et ne plus nous quitter. Je bredouillai quelques mots de remerciements. « Au fond, me dit-il à brûle-pourpoint, vous avez dû beaucoup souffrir... » Il me suggéra de ne plus l'appeler « Monsieur ». Une heure s'écoula dans un parfait silence et je déclinai l'invitation qu'il me fit de l'accompagner au wagon-restaurant. Je profitai de son absence pour fouiller la serviette noire qu'il avait laissée sur la banquette. Elle ne contenait qu'un passeport Nansen. Il portait bien le même nom que moi. Et deux prénoms : Chalva, Henri. Il était né à Alexandrie, du temps — j'imagine — où cette ville brillait encore d'un éclat singulier.

Quand il revint dans le compartiment, il me tendit un gâteau aux amandes — geste qui

m'émut — et me demanda si j'étais bien
« bachelier » (il prononçait « bachelier » du
bout des lèvres, comme si ce mot lui inspirait
un respect craintif). Sur ma réponse affirma-
tive, il hocha gravement la tête. Je me risquai
à lui poser quelques questions : pourquoi
était-il venu me chercher à Bordeaux ? Comment avait-il pu retrouver ma trace ? Pour
toute réponse, il se contentait de gestes
évasifs ou de formules telles que « Je vous
expliquerai... », « Vous verrez », « La vie,
vous savez... ». Après quoi il soupirait et
prenait une attitude pensive.

Paris-Austerlitz. Il marqua un temps d'hésitation avant de donner son adresse au chauffeur de taxi. (Il nous est arrivé, par la suite, de
nous faire conduire quai de Grenelle alors que
nous habitions boulevard Kellermann. Nous

changions si souvent d'adresse que nous
les confondions et nous apercevions toujours
trop tard de notre méprise.) Pour l'heure,
c'était : square Villaret-de-Joyeuse. J'imagi-
nai un jardin où le chant des oiseaux se mêlait
au bruissement de fontaines. Non. Une
impasse, bordée d'immeubles cossus. L'appartement se trouvait au dernier étage et
donnait sur la rue par de curieuses fenêtres en
forme d'œil-de-bœuf. Trois pièces, très bas-

ses de plafond. Une grande table et deux
fauteuils de cuir fatigué composaient le mobilier du « salon ». Les murs étaient tendus
d'un papier peint aux dominantes roses, imita-
tion des toiles de Jouy. Une grosse suspension
en bronze (mais je ne suis pas sûr de ma
description : je ne fais pas très bien la
différence entre l'appartement du square Villaret-de-Joyeuse et celui de l'avenue Félix-
Faure, que nous sous-louèrent un couple de
rentiers. Dans l'un et l'autre flottait la même
odeur fanée). Mon père me désigna la plus
petite chambre. Un matelas, à même le sol.
« Excusez-moi du manque de confort, dit-il.
D'ailleurs nous ne resterons pas longtemps ici.
Dormez bien. » Je l'entendis marcher de long
en large pendant des heures. Ainsi commença
notre vie commune.

Les premiers temps, il me témoignait une
courtoisie, une déférence qu'un fils rencontre
rarement chez son père. Quand il me parlait,
je sentais qu'il châtiait son langage, mais le
résultat était déplorable. Il utilisait des formules de plus en plus alambiquées, se perdait en
circonlocutions, et avait sans cesse l'air de
s'excuser ou de devancer un reproche. Il
m'apportait mon petit déjeuner au lit, avec des
gestes cérémonieux qui détonnaient dans un

tel décor : le papier peint de ma chambre était déchiré par endroits, l'ampoule nue pendait au plafond et, lorsqu'il tirait les rideaux, la tringle tombait régulièrement. Un jour il m'appela par mon prénom et en éprouva une confusion extrême. A quoi devais-je tant d'égards ? Je compris que c'était à mon titre de « bachelier » lorsqu'il écrivit lui-même à Bordeaux pour qu'on m'envoyât le papier certifiant que j'avais bien obtenu ce diplôme. Dès réception, il le fit encadrer et l'accrocha entre les deux « fenêtres » du « salon ». Je m'aperçus qu'il en gardait un double dans son portefeuille. Au hasard d'une promenade nocturne, il présenta ce document à deux gardiens de la paix qui nous avaient demandé nos papiers d'identité et, voyant que son passeport Nansen les rendait perplexes, il leur répéta cinq ou six fois de suite que « son fils était bachelier... ». Après le dîner (mon père préparait souvent un plat qu'il baptisait « riz à l'égyptienne »), il allumait son cigare, jetait de temps en temps un œil inquiet sur mon diplôme, puis se laissait aller au découragement. Ses « affaires » — m'expliquait-il — lui causaient bien des déboires. Lui, si combatif, ayant affronté dès son plus jeune âge les « dures réalités de la vie », se sentait

« las » et la manière dont il disait : « Je suis découragé... » m'impressionnait beaucoup. Ensuite, il levait la tête : « Mais vous, vous avez la vie devant vous ! — J'acquiesçais, poliment... — Surtout avec votre BACCALAU-RÉAT... Si j'avais eu la chance d'obtenir ce diplôme... — sa voix s'étranglait —, le baccalauréat, c'est tout de même une référence... » J'entends encore cette petite phrase. Elle m'émeut comme une musique du passé.

Il s'est écoulé au moins une semaine sans que je sache en quoi consistaient ses activités. Je l'entendais partir, très tôt le matin, et il ne rentrait que pour préparer le dîner. D'un cabas de toile cirée noire, il déballait les provisions — piments, riz, épices, viande de mouton, saindoux, fruits confits, semoule —, nouait autour de sa taille un tablier de cuisine et, après avoir ôté ses bagues, mélangeait dans une poêle le contenu du cabas. Il s'asseyait ensuite face au diplôme, m'invitait à prendre place et nous mangions.

Enfin, un jeudi après-midi, il m'a prié de l'accompagner. Il allait vendre un timbre « très rare » et cette perspective le rendait fébrile. Nous avons descendu l'avenue de la Grande-Armée. Puis les Champs-Élysées. A plusieurs reprises, il me montra ce timbre (qu'il avait enveloppé de cellophane). Il s'agissait, selon lui, d'une pièce « unique » du Koweit, nommée « Émir Rachid et vues diverses ». Nous sommes arrivés au carré Marigny. Dans cet espace compris entre le théâtre et l'avenue Gabriel, se tenait le marché aux timbres. (Existe-t-il encore aujourd'hui ?) Des gens se réunissaient par petits groupes, parlaient à voix basse, ouvraient des mallettes, se penchaient pour en examiner le contenu, feuilletaient des registres, brandissaient des loupes et des pinces à épiler. Cette agitation sournoise, ces individus aux allures de chirurgiens et de conspirateurs me causèrent une vive inquiétude. Bientôt, mon père se trouva mêlé à un rassemblement plus compact que les autres. Une dizaine de personnes le prenaient à partie. On se disputait pour savoir si, oui ou non, ce timbre était authentique. Mon père, pris de court par les questions qui fusaient de tous côtés, ne parvenait pas à placer un seul mot. Comment se faisait-il que son « Émir Rachid » était de couleur bistre olive et non pas brun carminé ? Était-il vraiment dentelé 13-14 ? Portait-il une « surcharge » ? Des fragments de fil de soie ? N'appartenait-il pas à une série « cadres-

86

variés » ? Avait-on vérifié son « amincisse-
ment » ? Le ton s'envenimait. On traitait mon
père d' « imposteur » et d' « escroc ». On
l'accusait de vouloir « fourguer une saloperie
qui n'était même pas mentionnée dans le
catalogue Champion ». L'un de ces forcenés
le saisit au collet et le gifla à toute volée. Un
autre le bourrait de coups de poing. Ils
allaient certainement le lyncher pour un timbre (ce qui en dit long sur l'âme humaine) et,
cette perspective m'étant insupportable, je
m'interposai enfin. Par chance, j'avais un
parapluie entre les mains. Je distribuai quelques coups, au hasard, et, profitant de l'effet
de surprise, arrachai mon père à cette meute
philatéliste. Nous courûmes jusqu'au fau-
bourg Saint-Honoré.

Les jours qui suivirent, mon père, considé-
rant que je lui avais sauvé la vie, m'expliqua
en détail quel genre d'affaires il traitait et me
proposa de le seconder. Il avait pour clients
une vingtaine d'hurluberlus, disséminés à
travers la France et avec lesquels il était entré
en rapport grâce aux revues spécialisées. Il
s'agissait de collectionneurs fanatiques, obnu-
bilés par les objets les plus divers : vieux
bottins, corsets, narguilés, cartes postales,
ceintures de chasteté, phonographes, lampes

à acétylène, mocassins Iowa, escarpins de bal… Il écumait Paris à la recherche de ces ustensiles qu'il envoyait par colis aux intéressés. Il leur extorquait préalablement de gros mandats sans aucun rapport avec la valeur réelle de la marchandise. L'un de ses correspondants payait 100 000 francs pièce des indicateurs Chaix d'avant-guerre. Un autre lui avait versé 300 000 francs d'acompte, à condition de lui réserver EN PRIORITÉ tous les bustes et effigies de Waldeck-Rousseau qu'il trouverait… Mon père, voulant s'assurer une clientèle encore plus vaste parmi ces déments, projetait de les regrouper dans une « Ligue des Collectionneurs français » de se nommer président et trésorier et d'exiger de très fortes cotisations. Les philatélistes l'avaient profondément déçu. Il se rendait compte qu'il ne pourrait pas abuser d'eux. C'étaient des collectionneurs à la tête froide, rusés, cyniques, impitoyables (on imagine mal le machiavélisme et la férocité que dissimulent ces êtres tatillons. Que de crimes commis pour un « surchargé brun jaune » de Sierra Leone ou un « percé » en ligne du Japon). Il n'était pas près de renouveler sa triste expédition au carré Marigny et en gardait une blessure d'amour-propre. D'abord il m'utilisa comme coursier. Je voulus faire preuve d'initiative en lui parlant d'un débouché auquel, jusque-là, il n'avait pas pensé : les bibliophiles. Mon idée lui plut et il me laissa carte blanche. Je ne connaissais encore rien de la vie mais, à Bordeaux, j'avais potassé ma littérature Lanson. Tous les écrivains français, du plus futile au plus obscur m'étaient familiers. A quoi m'aurait servi cette érudition bizarre sinon à me lancer dans le commerce des livres ? Je m'aperçus rapidement qu'il était très difficile de se procurer à bas prix des éditions rares. Je ne trouvais que des produits de second ordre : des « originales » de Vautel, Fernand Gregh ou Eugène Demolder... Au hasard d'une expédition passage Jouffroy, j'achetai pour 3,50 francs un exemplaire de *Matière et Mémoire*. On y lisait, en page de garde, cette curieuse dédicace de Bergson à Jean Jaurès : « Quand cesseras-tu de m'appeler la miss ? » Deux experts reconnurent formellement l'écriture du maître et je revendis cette curiosité 100 000 francs à un amateur.

Encouragé par mon premier succès, je résolus de faire moi-même de fausses dédicaces qui révéleraient, chacune, un aspect inattendu de tel ou tel auteur. Ceux dont j'imitais le plus facilement l'écriture étaient

Charles Maurras et Maurice Barrès. Je vendis un Maurras 500 000 francs, grâce à cette petite phrase : « Pour Léon Blum, en témoignage d'admiration. Et si nous déjeunions ensemble ? La vie est si courte... Maurras. » Un volume des *Déracinés* de Barrès atteignit 700 000 francs. Il était dédicacé au capitaine Dreyfus : « Courage, Alfred. Affectueusement. Maurice. » Mais j'avais compris que ce qui intéressait au plus haut point la clientèle, c'était la vie privée des écrivains. Mes dédicaces prirent alors un tour graveleux et mes prix augmentèrent de ce fait. Je choisissais des auteurs contemporains. Comme quelques-uns sont encore vivants, je n'en dirai pas plus pour m'éviter des poursuites judiciaires. En tout cas, je me suis fait beaucoup d'argent sur leur dos.

Ainsi trafiquions-nous. Nos affaires allaient bon train puisque nous exploitions des gens qui n'avaient pas tout à fait leurs esprits. A me rappeler nos combines, j'éprouve une grande amertume. J'aurais préféré que ma vie commençât sous un éclairage plus net. Mais que peut un adolescent livré à lui-même dans Paris ? Que peut cet infortuné ?

Si mon père consacrait une partie de notre capital à l'achat de chemises et cravates d'un goût contestable, il tentait aussi de le faire fructifier par des opérations boursières. Je le voyais s'écrouler sur un fauteuil, des paquets d'actions plein les bras... Il les empilait dans les couloirs de nos appartements successifs, les compulsait, les triait, en dressait l'inventaire. J'ai fini par comprendre que ces actions avaient été émises par des sociétés en faillite ou qui n'existaient plus depuis longtemps. Il croyait dur comme fer pouvoir les utiliser encore et les remettre sur le marché. « Quand nous serons cotés en Bourse... », me disait-il d'un petit air espiègle.

Et puis je me souviens que nous avons acheté une limousine d'occasion. Nous faisions, à bord de cette vieille Talbot, des promenades nocturnes dans Paris. Avant de partir, il y avait toujours la cérémonie du tirage au sort. Une vingtaine de petits papiers, dispersés sur la table bancale du salon. Nous en choisissions un, au hasard, où était inscrit notre itinéraire. Batignolles-Grenelle. Auteuil-Picpus. Passy-La Villette. Ou bien nous appareillions vers l'un de ces quartiers aux noms secrets : les Épinettes, la Maison-Blanche, Bel-Air, l'Amérique, la Glacière, Plaisance, la Petite-Pologne... Il suffit que je frappe du talon sur certains points sensibles

91

de Paris pour que les souvenirs jaillissent en gerbes d'étincelles. Cette place d'Italie, par exemple, où nous faisions escale au cours de nos randonnées... Il y avait là un café, à l'enseigne du *Clair de Lune*. S'y produisaient, vers une heure du matin, toutes les épaves du music-hall : accordéonistes d'avant-guerre, danseurs de tango aux cheveux blancs qui tentaient de retrouver sur l'estrade l'agilité langoureuse de leur jeunesse, rombières fardées chantant le répertoire de Fréhel ou de Suzy Solidor. Quelques forains désespérés assuraient les « intermèdes ». L'orchestre se composait de messieurs gominés, en smoking. L'un des établissements favoris de mon père qui prenait beaucoup de plaisir à contempler ces spectres. Je n'ai jamais compris pourquoi.

Et le bordel clandestin, ne l'oublions pas, du 73 avenue Reille, à la lisière du parc Montsouris. Mon père y tenait des conciliabules interminables avec la sous-maîtresse, une dame blonde à tête de poupée. Elle était d'Alexandrie, comme lui, et ils évoquaient en soupirant les soirées de Sidi Bishr, le bar Pastroudis et tant et tant de choses aujourd'hui disparues... Nous restions souvent jusqu'à l'aube dans cette enclave égyptienne du XIVe arrondissement. Mais d'autres étapes

sollicitaient nos errances (ou nos fuites ?).
Boulevard Murat, un restaurant de nuit, perdu
parmi les blocs d'immeubles. La salle était
toujours déserte et, sur l'un des murs, se
trouvait accrochée, pour des raisons mystérieuses, une grande photo de Daniel-Rops.
Entre Maillot et Champerret, un bar simili-
« américain », centre de ralliement de toute
une bande de bookmakers. Et, quand nous
nous risquions à l'extrême nord de Paris —
région de docks et d'abattoirs — nous faisions
halte au *Bœuf Bleu,* place de Joinville, en
bordure du canal de l'Ourcq. Mon père aimait
particulièrement cet endroit parce qu'il lui
rappelait le quartier Saint-André, à Anvers,
où il avait séjourné, jadis. Nous mettions cap
vers le sud-est. Les avenues y sont ombragées
et annoncent le bois de Vincennes. Nous nous
arrêtions *Chez Raimo,* place Daumesnil,
encore ouvert à cette heure tardive. Un
« pâtissier-glacier » mélancolique comme on
en trouve encore dans les stations thermales et
qui — à part nous — ne semblait connu de
personne. D'autres lieux me reviennent
encore, par vagues, à la mémoire. Nos différentes adresses : le 65 boulevard Kellermann,
avec vue sur le cimetière de Gentilly ; l'appartement de la rue du Regard où le locataire

93

précédent avait oublié une boîte à musique que je vendis pour 30 000 francs. L'immeuble bourgeois de l'avenue Félix-Faure, et le concierge nous accueillant chaque fois par ces mots : « Voilà les Juifs ! » Ou bien c'était le soir, dans un trois-pièces délabré, quai de Grenelle, près du Vélodrome d'Hiver. L'électricité ne marchait pas. Accoudés à la fenêtre, nous suivions les allées et venues du métro aérien. Mon père portait une veste d'intérieur, trouée par endroits. Il m'a désigné la citadelle de Passy, sur l'autre rive. D'un ton sans réplique : « Un jour, nous aurons un hôtel particulier au Trocadéro ! » En attendant, il me donnait rendez-vous dans le hall des grands hôtels. Il s'y sentait plus important, plus apte à réaliser ses projets de haute finance. Il y restait des après-midi entiers. Combien de fois ai-je été le rejoindre au *Majestic*, au *Continental*, au *Claridge*, à l'*Astoria*... Ces lieux de passage convenaient à une âme vagabonde et fragile comme la sienne.

Chaque matin, il m'accueillait dans son « bureau » de la rue des Jardins-Saint-Paul. Une pièce très vaste, dont le mobilier se composait d'une chaise d'osier et d'un secrétaire Empire. Les colis que nous devions

94

envoyer le jour même étaient empilés contre les murs. Après les avoir répertoriés sur un registre en précisant les noms et adresses de leurs destinataires, nous tenions une conférence de travail. Je lui rendais compte des achats de livres que j'allais effectuer et de détails techniques concernant mes fausses dédicaces. Utilisation d'encres, de plumes ou de stylographes différents pour chaque auteur. Nous vérifiions la comptabilité, lisions attentivement le *Courrier des collectionneurs*. Ensuite nous descendions les colis jusqu'à la Talbot et les rangions tant bien que mal sur le siège arrière. Ce travail de docker m'épuisait.

Mon père s'en allait faire le tour des gares pour expédier la cargaison. L'après-midi, il passerait à son entrepôt, dans le quartier de Javel, choisirait parmi le bric-à-brac une vingtaine d'ustensiles propres à intéresser nos correspondants, les transporterait rue des Jardins-Saint-Paul, procéderait à leur emballage. Après quoi il se réapprovisionnerait en marchandises. Nous devions répondre le plus diligemment possible aux exigences de nos clients. Ces forcenés n'attendent pas.

Moi je partais de mon côté, une valise à la main, et prospectais jusqu'au soir, dans un secteur limité par la Bastille, la place de la

République, les grands boulevards, l'avenue de l'Opéra et la Seine. Ces quartiers ont leur charme. Saint-Paul, où j'ai rêvé de passer ma vieillesse. Une boutique m'aurait suffi, un petit commerce quelconque. A moins que ce ne fût rue Pavée ou rue du Roi-de-Sicile, le ghetto vers lequel, fatalement, on retourne un jour. Au Temple, je sentais se réveiller mes instincts de fripier. Au Sentier, dans cette principauté orientale que forment la place du Caire, la rue du Nil, le passage Ben-Aïad et la rue d'Aboukir, je pensais à mon pauvre père. Les quatre premiers arrondissements se divisent en une multitude de provinces, enchevêtrées les unes aux autres et dont j'ai fini par connaître les frontières invisibles. Grenéta, le Mail, la pointe Sainte-Eustache, les Victoires... Ma dernière étape était la librairie Petit-Mirioux, galerie Vivienne. J'y parvenais à la tombée du jour. J'inspectais les rayonnages, sûr d'y trouver ce dont j'avais besoin. Mme Petit-Mirioux conservait la production littéraire de ces cent dernières années. Que d'auteurs, que de livres injustement oubliés... Nous le constations avec tristesse. Ces gens s'étaient donné beaucoup de mal pour rien... Nous nous consolions, elle et moi, en nous assurant mutuellement qu'il existait encore des fanatiques de Pierre Hamp ou de Jean-José Frappa et qu'un jour, tôt ou tard, les frères Fischer sortiraient du purgatoire. Nous nous quittions sur ces paroles réconfortantes. Les autres boutiques de la galerie Vivienne semblaient fermées depuis un siècle. Derrière la vitrine d'une maison d'éditions musicales, trois partitions jaunies d'Offenbach. Je m'asseyais sur ma valise. Pas un bruit. Le temps s'était arrêté quelque part entre la monarchie de Juillet et le second Empire. Au fond du passage, la librairie jetait une lumière épuisée et je distinguais à peine la silhouette de Mᵐᵉ Petit-Mirioux. Jusqu'à quand monterait-elle la garde ? Pauvre vieille sentinelle.

Plus loin, les arcades désertes du Palais-Royal. On s'y amusait, autrefois. C'est fini. Je traversais les jardins. Zone de silence et de douce pénombre où le souvenir des années mortes et des promesses non tenues vient vous pincer le cœur. Place du Théâtre-Français. Les réverbères vous étourdissent. Vous êtes ce plongeur qui remonte brusquement à la surface. Je devais rejoindre « papa » dans un caravansérail des Champs-Élysées. Nous prendrions la Talbot pour sillonner Paris, comme à l'accoutumée.

L'avenue de l'Opéra s'ouvrait devant moi.

Elle annonçait d'autres avenues, d'autres rues qui nous jetteraient tout à l'heure aux quatre points cardinaux. Mon cœur battait un peu plus fort. Au milieu de tant d'incertitudes, mes seuls points de repère, le seul terrain qui ne se dérobait pas, c'était les carrefours et les trottoirs de cette ville où je finirais sans doute par me retrouver seul.

Maintenant je vais en venir, quoi qu'il m'en coûte, à l' « épisode douloureux du métro George-V ». Depuis plusieurs semaines mon père s'intéressait vivement à la Petite Ceinture, ligne de chemin de fer désaffectée qui fait le tour de Paris. Projetait-il de la remettre en état par une souscription ? Des emprunts bancaires ? Chaque dimanche, il me priait de l'accompagner dans les quartiers périphériques et nous longions, à pied, cette ancienne voie ferrée. Les gares qui la desservaient étaient à l'abandon ou transformées en dépôts. Les rails disparaissaient sous la mauvaise herbe. De temps en temps, mon père s'arrêtait pour griffonner une note ou dessiner un croquis informe sur son carnet. Quel rêve poursuivait-il ? Peut-être attendait-il un train qui ne passerait jamais ?

Ce dimanche 17 juin, nous avions suivi la Petite Ceinture à travers le XIIe arrondissement. Non sans mal. Vers la rue de Montempoivre, elle se raccorde avec le chemin de fer de Vincennes et nous finissions par nous y embrouiller. Au bout de trois heures, étourdis par ce dédale ferroviaire, nous prîmes la décision de rentrer à la maison en empruntant le métro. Mon père paraissait mécontent de son après-midi. D'habitude, quand nous revenions de nos expéditions, il était d'excellente humeur et me montrait ses notes. Il allait bientôt constituer — m'expliquait-il — un dossier « sérieux » sur la Petite Ceinture et le transmettre aux pouvoirs publics.

— On verrait ce qu'on verrait.

Quoi ? Je n'osais le lui demander. Mais, ce dimanche soir 17 juin, son bel enthousiasme avait fondu. Dans le compartiment du métro Vincennes-Neuilly, il arrachait une par une les pages de son carnet et les réduisait en petits morceaux qu'il jetait au fur et à mesure comme des poignées de confettis. Le tout avec des gestes de somnambule et une rage méticuleuse que je ne lui connaissais pas. J'essayai de le calmer. Je lui disais qu'il était vraiment dommage de détruire, sur un coup de tête, un travail aussi important, que j'avais une totale confiance dans ses qualités d'organisateur. Il me fixait d'un œil vitreux. Nous sommes descendus à la station George-V. Nous attendions sur le quai. Mon père se tenait derrière moi, boudeur. La station s'emplissait peu à peu, comme aux heures de pointe. Tous ces gens revenaient d'une promenade sur les Champs-Élysées ou d'une séance de cinéma. Nous étions pressés les uns contre les autres. Je me trouvais au premier rang, en bordure de la voie. Impossible de reculer. Je me suis tourné vers mon père. Son visage dégoulinait de sueur. Le grondement du métro. A l'instant où il débouchait, on m'a poussé brutalement dans le dos.

Ensuite, je suis allongé sur l'un des bancs de la station. Un petit groupe de curieux m'entoure. Ils bourdonnent. L'un d'eux se penche pour me dire que je l'ai « échappé belle ». Un autre, en casquette et uniforme (employé du métro sans doute) déclare qu'il va « appeler la police ». Mon père se tient en retrait. Il toussote.

Deux gardiens de la paix m'aident à me relever. Ils me soutiennent par les aisselles. Nous traversons la station. Les gens se retournent sur notre passage. Mon père suit, d'un pas hésitant. Nous montons dans le panier à

salade garé avenue George-V. Les consommateurs, à la terrasse du *Fouquet's,* profitent de
ce beau crépuscule d'été.

Nous sommes assis l'un à côté de l'autre.
Mon père garde la tête baissée. Les deux
policiers, en face de nous, se taisent. Nous
nous arrêtons devant le commissariat du 5 rue
Clément-Marot. Avant d'entrer, mon père
hésite. Ses lèvres se retroussent dans un rictus
nerveux.

Les agents échangent quelques mots avec
un grand homme maigre. Le commissaire ? Il
nous demande nos papiers. C'est visiblement
à contrecœur que mon père lui présente son
passeport Nansen.

— Réfugié ? demande le « commissaire »...

— Je vais bientôt obtenir la naturalisation,
murmure mon père. — Il a dû préparer cette
réponse à l'avance. — Mais mon fils est
français. — Dans un souffle : — Et bachelier...

Le commissaire se tourne vers moi :

— Alors vous avez failli passer sous le
métro ? — Je reste muet. — Heureusement
qu'on vous a retenu. Sinon vous seriez dans un
drôle d'état.

Oui, quelqu'un m'a sauvé la vie en me

rattrapant de justesse, au moment où je perdais l'équilibre. Je garde de ces minutes un souvenir très flou.

— Comment se fait-il, reprend le commissaire, que vous ayez crié à plusieurs reprises : « ASSASSIN ! » quand on vous a transporté sur le banc de la station ?

Puis s'adressant à mon père :

— Votre fils souffre-t-il d'une maladie de la persécution ?

Il ne lui laisse pas le temps de répondre. Il se tourne à nouveau vers moi et me dit, à brûle-pourpoint :

— Mais peut-être vous a-t-on poussé dans le dos ? Réfléchissez... Vous avez tout votre temps.

Un jeune homme, au fond, tapait à la machine. Le commissaire assis derrière son bureau consultait un dossier. Nous attendions sur nos chaises, mon père et moi. Je crus qu'on nous avait oubliés, mais le commissaire a fini par lever la tête et m'a dit :

— Si vous voulez me faire une déclaration, n'hésitez pas. Je suis là pour ça.

De temps en temps le jeune homme lui apportait une feuille dactylographiée qu'il corrigeait à l'encre rouge. Jusqu'à quand nous retiendrait-on ? Le commissaire a désigné mon père :

— Réfugié politique ou réfugié tout court ?

— Réfugié tout court.

— Tant mieux, a dit le commissaire.

Puis il s'est absorbé à nouveau dans son dossier.

Le temps passait. Mon père donnait des signes de nervosité. Je crois même qu'il s'écorchait les mains. En somme, il était à ma merci — et il le savait — sinon pourquoi m'aurait-il lancé à plusieurs reprises un regard anxieux ? Il fallait que je me rende à l'évidence : quelqu'un m'avait poussé pour que je tombe sur la voie et que le métro me réduise en charpie. Et c'était ce monsieur de type sud-américain, assis à côté de moi. La preuve : j'avais senti contre mon omoplate le contact de sa chevalière.

Comme s'il devinait mes pensées, le commissaire me demanda d'une voix distraite :

— Vous vous entendez bien avec votre père ?

(Certains policiers possèdent le don de voyance. Ainsi cet inspecteur des renseignements généraux qui, la retraite venue, changea de sexe pour donner des consultations

103

« extra-lucides », sous le nom de « Madame Dubail ».)

— Nous nous entendons très bien, répondis-je.

— Vous en êtes sûr ?

Il me posa cette question avec lassitude et se mit aussitôt à bâiller. J'étais certain qu'il comprenait tout mais que mon cas ne l'intéressait pas. Un jeune homme que son père pousse sous le métro, il avait certainement connu des tas d'affaires semblables. Travail de routine.

— Encore une fois, si vous avez quelque chose à me dire, je vous écoute.

Mais je savais qu'il me demandait cela par simple politesse.

Il a allumé la lampe de son bureau. L'autre continuait à taper. Il se hâtait sans doute de finir son travail. Le martèlement de la machine à écrire me berçait et j'avais beaucoup de peine à garder les yeux ouverts. Pour lutter contre le sommeil, j'examinais les coins et recoins de ce commissariat. Au mur, un calendrier des postes et la photographie du président de la République. Doumer ? Mac-Mahon ? Albert Lebrun ? La machine à écrire était d'un vieux modèle. J'ai décidé que ce dimanche 17 juin compterait dans ma vie et me suis tourné imperceptiblement vers mon père. De grosses gouttes de sueur glissaient le long de sa tempe. Il n'avait pourtant pas une tête d'assassin.

Le commissaire se penche sur l'épaule du jeune homme pour vérifier où en est son travail. Il lui donne quelques indications à voix basse. Trois agents entrent brusquement. Ils vont peut-être nous emmener au dépôt. Cette perspective ne me fait ni chaud ni froid. Mais non. Le commissaire me dévisage :

— Alors ? Rien à déclarer ?

Mon père émet un grognement plaintif.

— Eh bien, messieurs, vous pouvez disposer...

Nous avons marché au hasard. Je n'osais pas lui demander d'explication. C'est place des Ternes, en regardant fixement l'enseigne lumineuse de la *Brasserie Lorraine* que j'ai dit de la voix la plus neutre possible :

— En somme, vous avez voulu me tuer...

Il n'a pas répondu. J'ai craint qu'il ne s'effarouche comme ces oiseaux dont on s'approche de trop près.

— Vous savez, je ne vous en veux pas.

Et désignant la terrasse de la brasserie :

— Si nous prenions un verre ? Il faut fêter ça !

Cette dernière remarque a provoqué chez lui un petit rire. Quand nous nous sommes assis, il a pris soin de ne pas se placer en face de moi. Il avait la même attitude que dans le panier à salade : le dos rond, la tête baissée. J'ai commandé pour lui un double bourbon, sachant combien il aimait cet alcool, et pour moi une coupe de champagne. Nous avons trinqué. Mais le cœur n'y était pas. Après l'événement regrettable du métro, j'aurais souhaité une mise au point entre nous. Impossible. Il m'opposait une telle force d'inertie que j'ai préféré ne plus insister.

Aux tables voisines, les conversations allaient bon train. On s'enchantait de la douceur de l'air. On était détendu. Et heureux de vivre. Et moi, j'avais dix-sept ans, mon père avait voulu me pousser sous le métro et cela n'intéressait personne.

Nous avons pris un dernier verre, avenue Niel, dans ce curieux bar *Petrissan's*. Un homme âgé est entré en titubant. Il est venu s'asseoir à notre table et m'a parlé de l'armée Wrangel. J'ai cru comprendre qu'il en avait fait partie. Ce souvenir lui était extrêmement pénible, puisqu'il s'est mis à pleurer. Il ne voulait plus nous quitter. Il s'agrippait à mon bras. Poisseux et exalté, comme le sont les Russes, passé minuit.

Nous suivions l'avenue, en direction de la place des Ternes, et mon père marchait à quelques mètres devant nous, comme s'il avait honte de se trouver en si piteuse compagnie. Il a pressé le pas et je l'ai vu s'engouffrer dans la bouche du métro. J'ai pensé que je ne reverrais plus jamais cet homme. Ça, j'en étais sûr.

L'ancien combattant me serrait le bras, sanglotait contre mon épaule. Nous nous sommes assis sur un banc, avenue de Wagram. Il tenait beaucoup à me raconter en détail le long calvaire des armées blanches, leur fuite vers la Turquie. Finalement, ces héros étaient venus échouer à Constantinople dans leurs uniformes chamarrés. Quelle misère ! Il paraît que le général baron Wrangel mesurait plus de deux mètres de haut.

quelle perspective

Vous n'avez pas tellement changé. Tout à l'heure, quand vous êtes entré au bar du Clos-Foucré, votre démarche était la même qu'il y a dix ans. Vous vous êtes assis en face de moi et je m'apprêtais à vous commander un double bourbon, mais j'ai jugé cela incongru. Me reconnaissez-vous ? On ne peut jamais rien savoir avec vous. A quoi bon vous secouer par les épaules, vous poser des questions ? Je me demande si vous méritez l'intérêt que je vous porte.

Un jour, j'ai décidé brusquement de partir à votre recherche. Mon moral était au plus bas. Il faut dire que les événements prenaient une tournure inquiétante et qu'on sentait un parfum de désastre dans l'air. Nous vivions une « drôle d'époque ». Rien à quoi s'accrocher. Je me suis souvenu que j'avais un père. Bien sûr, je pensais souvent à l' « épisode douloureux du métro George-V », mais je n'éprouvais pas la moindre rancune à votre égard. Il est certaines personnes auxquelles on pardonne tout. Dix ans avaient passé. Qu'étiez-vous devenu ? Vous aviez peut-être besoin de moi.

J'ai interrogé serveuses de salons de thé, barmen et portiers d'hôtel. C'est François, du *Silver-Ring*, qui m'a mis sur votre piste. Vous fréquentiez — paraît-il — une joyeuse bande de noctambules dont les vedettes étaient MM. Murraille et Marcheret. Si le nom du second ne me disait rien, je connaissais la réputation du premier : un journaliste oscillant entre le chantage et les fonds secrets. Une semaine plus tard, je vous voyais entrer dans un restaurant de l'avenue Kléber. Vous excuserez ma curiosité, mais je me suis assis à la table voisine de la vôtre. J'étais ému de vous retrouver et projetais de vous taper sur l'épaule, mais j'y renonçai en observant vos amis. Murraille se tenait à votre gauche et, dès le premier coup d'œil, son élégance vestimentaire m'a semblé suspecte. On voyait qu'il voulait « faire chic ». Marcheret déclarait à la cantonade que « le foie gras était immangeable ». Je me souviens également d'une femme rousse et d'un blond frisé, tous deux suant la laideur morale par tous leurs pores. Vous-même, j'en suis désolé, ne m'apparaissiez pas sous votre meilleur jour. (Était-ce vos cheveux brillantinés, votre regard encore plus lointain que d'habitude ?) J'ai éprouvé une sorte de malaise à voir le groupe que vous formiez vous et vos « amis ». Le blond frisé exhibait des billets de banque, la femme rousse apostrophait grossièrement le maître d'hôtel et Marcheret lançait ses plaisanteries obscènes. (Je m'y suis habitué depuis.) Murraille a parlé de sa villa de campagne où il était « si agréable de passer des week-ends ». J'ai fini par comprendre que tout ce petit monde s'y retrouvait chaque

109

semaine. Vous en étiez. Je n'ai pu résister à l'envie de vous rejoindre dans cette villégiature charmante.

Et maintenant que nous sommes assis l'un en face de l'autre comme deux chiens de faïence et que je peux à loisir vous considérer, J'AI PEUR. Que faites-vous dans ce village de Seine-et-Marne avec ces gens ? Et d'abord, comment les avez-vous connus ? Il faut vraiment que je vous aime pour vous suivre sur ce chemin si escarpé. Et sans la moindre reconnaissance de votre part ! Je me trompe peutêtre mais votre situation me semble très précaire. Je suppose que vous êtes toujours apatride, ce qui présente de graves inconvénients « par les temps qui courent ». Moimême j'ai perdu mes papiers d'identité, sauf ce diplôme auquel vous attachiez tant d'importance et qui ne correspond plus à rien aujourd'hui où nous traversons une « crise des valeurs » sans précédent. Je vais essayer, coûte que coûte, de garder mon sang-froid.

Marcheret. Il vous tape sur l'épaule en vous appelant « Mon gros Chalva ». Il me dit : « Bonsoir, monsieur Alexandre, vous prendrez bien un américano ? », — et je suis obligé de boire ce liquide écœurant de peur qu'il ne s'offusque. J'aimerais savoir quels

110

intérêts vous lient à cet ancien légionnaire. Trafics de devises? Opérations boursières comme vous les pratiquiez jadis? « Et deux autres américanos! » hurle-t-il à Grève, le maître d'hôtel. Puis se tournant vers moi : « Ça se boit comme du petit-lait, n'est-ce pas? » Je bois, terrifié. Sous son aspect jovial, je le soupçonne d'être particulièrement dangereux. Je regrette que nos rapports à vous et à moi ne dépassent pas le terrain de la stricte courtoisie, car je vous mettrais en garde contre ce type. Et contre Murraille. Vous avez tort, « papa », de fréquenter des individus de cette espèce. Ils finiront par vous jouer de mauvais tours. Aurai-je la force de tenir jusqu'au bout mon rôle d'ange gardien? Vous ne m'encouragez pas dans ce sens. J'ai beau guetter un regard, un geste de sympathie (même si vous ne m'avez pas reconnu, vous pourriez me témoigner tout de même un peu plus d'attention), rien ne trouble votre impassibilité ottomane. Je me demande si ma place est bien ici. D'abord, je me ruine la santé à boire ces alcools. Ensuite ce décor pseudo-rustique me déprime au plus haut point. Marcheret m'engage à goûter une « dame rose », cocktail dont il avait fait découvrir la subtilité à « tous ses amis de Bouss-Bir ». Je

111

crains qu'il ne me parle encore de la Légion et de son paludisme. Mais non. Il se tourne vers vous :

— Alors, vous avez réfléchi, Chalva ?

D'une voix presque inaudible vous lui répondez :

— J'ai réfléchi, Guy.

— Ce sera fifty-fifty ?

— Vous pouvez compter sur moi, Guy.

— Je traite de grosses affaires avec le baron, me dit Marcheret. N'est-ce pas, Chalva ? Il faut fêter ça ! Grève, s'il vous plaît, trois vermouth !

Nous trinquons.

— D'ici peu, nous fêterons notre premier milliard !

Il vous donne une grande tape dans le dos. Nous devrions quitter au plus vite cet endroit. Pour aller où ? Des gens comme vous et moi risquent de se faire arrêter à chaque coin de rue. Il ne se passe pas un jour sans que des rafles se produisent à la sortie des gares, des cinémas et des restaurants. Surtout éviter les lieux publics. Paris ressemble à une grande forêt obscure, semée de pièges. On y marche à tâtons. Vous conviendrez qu'il faut vraiment avoir des nerfs d'acier. Et la chaleur n'arrange pas les choses. Je n'ai jamais connu d'été aussi torride. Ce soir, la température est étouffante. A mourir. Le col de Marcheret est trempé de sueur. Vous avez renoncé à vous éponger le visage et les gouttes tremblent un instant au bas de votre menton et tombent sur la table régulièrement. Les fenêtres du bar sont fermées. Pas un souffle d'air. Mes vêtements me collent au corps comme si j'étais resté sous une averse. Impossible de me lever. Le moindre geste dans cette étuve et je fonds définitivement. Vous, ça n'a pas l'air de vous incommoder outre mesure : je suppose qu'en Égypte vous affrontiez souvent des canicules de ce genre, hein ? Quant à Marcheret, il m'a affirmé qu' « on crève de froid en comparaison du bled » et me propose un autre alcool. Non, vraiment, je ne peux plus. Allons, monsieur Alexandre… un petit américano… J'ai peur de perdre connaissance. Et maintenant, c'est à travers un écran de buée que je vois s'avancer vers nous Murraille et Sylviane Quimphe. A moins qu'il ne s'agisse d'un mirage. (J'aimerais demander à Marcheret si les mirages apparaissent ainsi, à travers une buée. Mais je n'en ai pas la force.) Murraille me tend la main.

— Comment allez-vous, Serge ?

Pour la première fois il m'appelle par mon

« prénom » : je me méfie de ce genre de familiarité. Il porte comme à son habitude un chandail de couleur sombre et un foulard noué autour du cou. Les seins de Sylviane Quimphe débordent de son corsage et je constate qu'elle n'a pas mis de soutien-gorge à cause de la chaleur. Mais alors pourquoi garde-t-elle sa culotte de cheval et ses bottes ?

— Si nous passions à table ? propose Murraille. J'ai une faim de loup.

Je parviens quand même à me lever. Murraille me prend par le bras :

— Vous avez pensé à nos projets ? Encore une fois, je vous laisse carte blanche. Vous écrivez ce que vous voulez. Les colonnes de mon journal vous sont ouvertes !

Grève nous attend, dans la salle à manger. Notre table se trouve juste au-dessous du lustre. Bien sûr, toutes les fenêtres sont fermées. Il fait encore plus chaud qu'au bar. Je m'assieds entre Murraille et Sylviane Quimphe. Vous êtes placé en face de moi, mais je sais d'avance que vous éviterez mes regards. Marcheret commande le menu. Les plats qu'il choisit ne semblent guère appropriés à la température ambiante : bisque de homard, viandes en sauce et soufflé. Ne pas le contredire. La gastronomie est, paraît-il, son domaine réservé.

— Nous commençons par un bordeaux blanc ! Ensuite, château-pétrus ! Ça va ?

Il claque la langue.

— Vous n'êtes pas venu ce matin au manège, me dit Sylviane Quimphe. Je comptais sur vous !

Depuis deux jours, elle me fait des avances de plus en plus catégoriques. Je lui ai tapé dans l'œil et me demande bien pourquoi. Est-ce mon apparence de jeune homme bien élevé ? Mon teint de tuberculeux ? Ou bien veut-elle agacer Murraille ? (Mais est-elle sa maîtresse ?) J'ai cru un moment qu'elle flirtait avec Dédé Wildmer, l'ancien jockey apoplectique qui s'occupe du manège.

— La prochaine fois, vous tiendrez votre parole. Vous *devez* vous faire pardonner...

Elle a pris une voix de petite fille et je crains que les autres ne s'en aperçoivent. Non. Murraille et Marcheret discutent en aparté. Vous, vous avez les yeux perdus dans le vague. La lumière du lustre est aussi vive que celle d'un projecteur. Elle pèse sur ma tête comme une chape de plomb. Et je transpire si fort aux poignets que j'ai l'impression d'avoir les veines ouvertes et de perdre

115

mon sang. Comment pourrai-je absorber cette bisque de homard brûlante que Grève vient de nous servir ? Marcheret se lève tout à coup :

— Mes amis je vous annonce une grande nouvelle : je me marie dans trois jours ! Chalva sera mon témoin ! A tout seigneur, tout honneur ! Aucune objection, Chalva ?

Vous grimacez un sourire. Vous murmurez :

— Je suis enchanté, Guy !

— A la santé de Jean Murraille, mon futur oncle, hurle Marcheret en bombant le torse.

Je lève mon verre, comme les autres, mais le repose aussitôt. Si je buvais une seule goutte de ce bordeaux blanc, je crois que je vomirais. Garder toutes mes forces pour la bisque de homard.

— Jean, je suis très fier d'épouser votre nièce, déclare Marcheret. Elle a la chute de reins la plus troublante de Paris.

Murraille éclate de rire.

— Vous connaissez Annie ? me demande Sylviane Quimphe. Entre elle et moi, laquelle préférez-vous ?

Je marque un temps d'hésitation. Et puis je parviens à dire : « Vous ! » Ce petit marivaudage va-t-il durer encore longtemps ? Elle me

116

dévore des yeux. Pourtant, je ne dois pas être beau à voir... La sueur dégouline de mes manches. Jusqu'à quand ce martyre? Les autres font preuve d'une endurance exceptionnelle. Pas trace de transpiration sur le visage de Murraille, de Marcheret et de Sylviane Quimphe. Quelques gouttes glissent le long de vos tempes, mais ce n'est pas très grave... Et vous entamez tous vos bisques de homard comme si nous nous trouvions dans un chalet de haute montagne en plein hiver.

— Vous calez, monsieur Alexandre? s'exclame Marcheret. Vous avez tort! Ce potage est d'un velouté!

— Notre ami souffre de la chaleur, dit Murraille. J'espère, Serge, que cela ne vous empêchera pas d'écrire un bon papier... Je vous préviens qu'il me le faut pour la semaine prochaine. Avez-vous une idée?

Si je ne me sentais pas dans un état critique, je le giflerais. Comment ce vendu peut-il croire que j'accepte, le cœur léger, de collaborer à son journal, de me compromettre avec cette cohorte d'indics, de maîtres chanteurs et de plumitifs véreux dont les signatures s'étalent impunément depuis deux ans à chaque page de *C'est la vie?* Ha, ha! Ils ne perdent rien pour attendre. Salauds. Ordures.

Canailles. Chacals. Des condamnés à mort en sursis. Murraille ne m'a-t-il pas montré les lettres de menaces qu'il recevait ? <u>Il a peur.</u>

— Je pense à quelque chose, me dit-il. Si vous me *pondiez* une nouvelle ?

— D'accord !

J'ai essayé de prendre le ton le plus enthousiaste possible.

— Un truc croustillant, vous comprenez ?

— Parfaitement !

Il fait trop chaud pour discuter.

— Pas carrément pornographique, mais leste... un peu cochon... Qu'en dites-vous, Serge ?

— Avec plaisir.

Tout ce qu'il voudra ! Je <u>signerai sous mon nom d'emprunt.</u> Mais d'abord, lui montrer ma bonne volonté. Il attend une suggestion de ma part, allons-y !

— Je vous propose de présenter ça en plusieurs épisodes...

— Excellente idée !

— Et sous forme de « confessions ». C'est beaucoup plus excitant. Par exemple : *Les Confessions d'un chauffeur mondain.*

Je venais de me souvenir de ce titre que j'avais lu dans un magazine d'avant-guerre.

— Merveilleux, Serge, merveilleux ! *Les*

Confessions d'un chauffeur mondain ! Vous êtes un *as !*

Il paraissait vraiment emballé.

— A quand la première livraison ?

— Dans trois jours, lui dis-je.

— Vous me les ferez lire avant tout le monde ? me chuchote Sylviane Quimphe.

— Moi, déclare sentencieusement Marcheret, j'aime bien les histoires de cul. Je compte sur vous, monsieur Alexandre !

Grève a servi les viandes en sauce. Était-ce la chaleur, le lustre dont les éclats m'entraient dans la tête, la vue de ces nourritures lourdes étalées devant moi, mais j'ai été secoué par une crise de fou rire qui a vite fait place à un état d'abattement complet. J'ai essayé de capter votre regard. Sans succès. Je n'osais pas me tourner en direction de Murraille ni de Marcheret de peur qu'ils ne m'adressent la parole. En désespoir de cause, mon attention s'est fixée sur le grain de beauté que Sylviane Quimphe portait à la commissure des lèvres. Ensuite j'ai attendu en me disant que peut-être le cauchemar finirait.

C'est Murraille qui m'a rappelé à l'ordre.

— Vous pensez à votre nouvelle ? Je ne voudrais pas que cela vous coupe l'appétit !

— L'inspiration vient en mangeant, a remarqué Marcheret.

Et vous avez eu un petit rire, je ne devais pas m'attendre à autre chose de votre part. Vous étiez solidaire de ces voyous et moi, la seule personne au monde qui vous voulait du bien, vous m'ignoriez systématiquement.

— Goûtez-moi donc ce soufflé, m'a dit Marcheret. Il fond dans la bouche ! Une vraie merveille ! N'est-ce pas, Chalva ?

Vous l'approuvez sur un ton de flagornerie qui me navre. Vous planter là, voilà tout ce que vous méritez. Il y a des moments, « papa », où je serais tenté d'abandonner la partie. Je vous soutiens à bras-le-corps. Que seriez-vous, sans moi ? Sans ma fidélité, ma vigilance de saint-bernard ? Si je lâchais prise, vous ne feriez pas de bruit, en tombant. Voulez-vous que nous essayions ? Prenez garde ! Je me sens déjà envahir par une très douce torpeur. Sylviane Quimphe a dégrafé deux boutons de son corsage, se tourne vers moi et me montre ses seins à la dérobée. Pourquoi pas ? Murraille enlève son foulard d'un geste mou, Marcheret appuie pensivement son menton contre sa paume, émet un chapelet de rots, je n'avais pas remarqué ces bajoues grisâtres qui vous font une tête de bouledogue. La conversation m'ennuie. Les voix de Murraille et de Marcheret semblent provenir d'un disque qui tournerait au ralenti. Elles s'étirent, dérapent, s'engluent dans une eau noire. Autour de moi tout devient flou à cause des gouttes de sueur qui m'emplissent les yeux... La lumière baisse, baisse...

— Dites donc, monsieur Alexandre, vous n'allez quand même pas tomber dans les pommes !...

Marcheret me passe une serviette mouillée sur le front et les tempes. C'est fini. Un malaise passager. Je vous avais prévenu « papa ». Et si la prochaine fois je ne reprenais pas connaissance ?

— Ça va mieux, Serge ? demande Murraille.

— Nous ferons une promenade avant de dormir, me chuchote Sylviane Quimphe.

Marcheret, péremptoire :

— Cognac et café turc ! Rien de meilleur pour vous remettre d'aplomb ! Croyez-moi, monsieur Alexandre !

En somme, vous étiez le seul à ne pas vous préoccuper de ma santé et cette constatation a augmenté mon chagrin. J'ai quand même tenu le coup jusqu'à la fin du dîner. Marcheret a commandé une « liqueur digestive » et nous a

121

parlé, encore une fois, de son mariage. Une question le préoccupait : quel serait le témoin d'Annie ? Lui et Murraille ont cité quelques noms de personnes que je ne connaissais pas. Ensuite, ils ont entrepris de dresser la liste des invités. Ils faisaient des commentaires sur chacun d'eux et j'ai craint que leur besogne ne se prolongeât jusqu'à l'aube. Murraille a eu un geste de lassitude.

— D'ici là, a-t-il dit, nous serons tous fusillés.

Il a consulté sa montre.

— Si nous allions dormir ? Qu'en pensez-vous, Serge ?

Au bar, nous avons surpris Maud Gallas en compagnie de Dédé Wildmer. Tous deux étaient vautrés sur un fauteuil. Il la serrait contre lui et elle faisait semblant de se débattre. Apparemment, ils avaient trop bu. Quand nous sommes passés, Wildmer a détourné la tête et m'a jeté un drôle de regard. Nous ne sympathisions guère, l'un et l'autre. J'éprouvais même pour cet ancien jockey un dégoût instinctif.

J'ai été heureux de me retrouver à l'air libre.

— Vous nous accompagnez jusqu'à la villa ? m'a demandé Murraille.

Sylviane Quimphe m'a pris un bras que je ne pouvais lui refuser. Vous, vous avanciez, le dos courbé, entre Murraille et Marcheret. On aurait dit que deux policiers vous encadraient et que vous portiez des menottes, à cause du reflet de la lune sur votre bracelet-montre. Vous aviez été embarqué dans une rafle. On vous conduisait au dépôt. Voilà ce dont je rêvais. Rien de plus naturel « par les temps qui courent ».

— J'attends *Les Confessions d'un chauffeur mondain,* m'a dit Murraille. Je compte sur vous, Serge !

— Vous allez nous écrire une belle histoire de fesses, a ajouté Marcheret. Si vous voulez, je vous donnerai des conseils. A demain, monsieur Alexandre. Et toi, Chalva, fais de beaux rêves.

Sylviane Quimphe a chuchoté quelques mots à l'oreille de Murraille. (Je me trompais peut-être mais j'avais le sentiment désagréable qu'il était question de moi.) Murraille a acquiescé d'un mouvement de tête presque imperceptible. A ouvert le portail et tiré Marcheret par la manche. Je les ai vus entrer dans la villa.

Nous sommes restés un moment silencieux, vous, elle et moi, avant de faire demi-tour en direction du Clos-Foucré. Vous marchiez en retrait. Elle m'avait pris de nouveau le bras et appuyait sa tête contre mon épaule. J'étais désolé de vous offrir ce spectacle mais je ne voulais pas la mécontenter. Dans notre situation, « papa », il valait mieux filer doux. Au carrefour, vous nous avez souhaité « bonne nuit » très poliment et vous avez pris le chemin du Bornage, me laissant seul avec Sylviane.

Elle m'a proposé une petite promenade « pour profiter du clair de lune ». Nous sommes passés une deuxième fois devant la « Villa Mektoub ». Il y avait une lumière dans le salon, et l'idée que Marcheret sirotait un dernier alcool, tout seul, au milieu de ce décor colonial, m'a fait froid dans le dos. Nous suivions la piste cavalière en bordure de la forêt. Elle a déboutonné son corsage. Le bruissement des arbres et la pénombre bleutée m'engourdissaient. Après l'épreuve du dîner, ma fatigue était si grande que je ne disais plus un seul mot. Je faisais des efforts surhumains pour ouvrir la bouche et aucun son n'en sortait. Heureusement, elle s'est mise à parler des complications de sa vie sentimentale. Elle était la maîtresse de Murraille comme je le pensais — mais ils avaient tous les deux des

« idées larges ». Par exemple, ils aimaient beaucoup partouzer. Elle me demanda si cela ne me choquait pas. Je lui répondis que non, bien sûr. Et moi, avais-je déjà « essayé » ? Pas encore, mais si l'occasion se présentait, très volontiers. Elle me promit que je serais « des leurs » la prochaine fois. Murraille possédait un appartement de douze pièces avenue d'Iéna, où ce genre de soirée avait lieu. Maud Gallas y participait. Et Marcheret. Et Annie, la nièce de Murraille. Et Dédé Wildmer. Et d'autres personnes, en très grand nombre. C'était fou, comme on s'amusait à Paris en ce moment. Murraille lui avait expliqué qu'il en était toujours ainsi, à la veille des catastrophes. Que voulait-il dire ? Elle, la politique ne l'intéressait pas. Ni le sort du monde. Elle ne pensait qu'à JOUIR. Vite et fort. Après cette déclaration de principe, elle me fit des confidences. Elle avait rencontré un jeune homme à la dernière « party » de l'avenue d'Iéna. Au physique, c'était un compromis entre Max Schmeling et Henri Garat. Au moral, un débrouillard. Appartenant à l'un de ces services de police supplétive comme il en pullulait depuis quelques mois. Il avait la manie de tirer des coups de revolver au hasard. De tels exploits ne m'étonnaient pas outre mesure. Ne vivions-nous pas une époque où il fallait bénir le ciel, à chaque instant, de ne pas recevoir une balle perdue ? Elle était restée avec lui deux jours et deux nuits d'affilée et me donnait des détails que je n'écoutais plus. Derrière la grande palissade, à ma droite, je venais de reconnaître « votre » villa, avec sa tour en forme de minaret et ses fenêtres en ogive. On la voyait plus nettement de ce côté-là que du chemin du Bornage. Je crus même distinguer votre silhouette sur l'un des balcons. Nous nous trouvions à une cinquantaine de mètres l'un de l'autre et il aurait suffi que je traverse ce parc à l'abandon pour vous rejoindre. J'ai hésité un moment. J'ai voulu vous appeler ou vous faire un signe de la main. Non. Ma voix ne porterait pas et la paralysie insidieuse que je ressentais depuis le début de la soirée m'empêchait de lever le bras. Était-ce le clair de lune ? « Votre » villa baignait dans une lumière de nuit boréale. Elle avait l'air d'un palais de carton-pâte qui flottait au-dessus du sol, et vous d'un sultan obèse. L'œil vague, les lèvres molles, accoudé face à la forêt. J'ai pensé à tous les sacrifices auxquels j'avais consenti pour vous atteindre : ne plus vous tenir rigueur de l' « épisode douloureux du

métro George-V ». Plonger dans une atmosphère qui me sapait le moral et la santé ;
supporter la compagnie d'individus tarés ;
vous guetter pendant des jours et des jours,
sans défaillance. Et tout cela pour ce mirage
de pacotille que j'avais devant moi ! Mais, je
vous poursuivrais jusqu'à la fin. Vous m'inté-
ressiez, « papa ». On est toujours curieux de
connaître ses origines.

Il fait plus sombre maintenant. Nous avons
pris un chemin de traverse qui mène au
village. Elle me parle encore de l'appartement
de Murraille, avenue d'Iéna. Les soirs d'été,
ils s'installaient sur la grande terrasse… Elle
rapproche son visage du mien. Je sens son
souffle sur mon cou. Nous traversons à tâtons
le bar du Clos-Foucré et je me retrouve dans
sa chambre, comme je l'avais prévu. Une
lampe à abat-jour rouge sur la table de nuit.
Deux sièges et un secrétaire. Les murs sont
tendus d'un satin à rayures jaunes et vertes.
Elle tourne le bouton de la T.S.F. et la voix
d'André Claveau me parvient, lointaine,
brouillée par des grésillements. Elle s'allonge
en travers du lit.

— Auriez-vous la gentillesse de m'enlever
mes bottes ?

Je m'exécute avec des gestes de somnambule. Elle me tend un étui à cigarettes. Nous fumons. Décidément, toutes les chambres du Clos-Foucré se ressemblent : meubles Empire et gravures anglaises représentent des scènes de chasse. Elle tripote maintenant un petit pistolet à crosse de nacre et je me demande si je ne vis pas le premier chapitre des *Confessions d'un chauffeur mondain* que j'ai promises à Murraille. Sous la lumière crue de la lampe, elle paraît plus âgée que je ne le pensais. Ses traits sont gonflés de fatigue. Une trace de rouge à lèvres lui barre le menton. Elle me dit :

— Approchez-vous.

Je m'assieds au bord du lit. Elle s'appuie sur ses coudes, me regarde droit dans les yeux. Il a dû se produire, à ce moment-là, une baisse de courant. Un voile jaune enveloppait la pièce comme celui qui imprègne les vieilles photographies. Son visage devenait flou, les contours des meubles s'estompaient, Claveau continuait de chanter en sourdine. Alors j'ai posé la question qui me brûlait les lèvres depuis le début. Sèchement :

— Dites-moi, que savez-vous du baron Deyckecaire ?

— Deyckecaire ?

Elle a soupiré et détourné la tête en

direction du mur. Les minutes passaient. Elle m'avait oublié mais je suis revenu à la charge.

— Drôle de type, non, ce Deyckecaire ?

J'attendais. Aucune réaction de sa part. J'ai répété en articulant bien les syllabes :

— Drôle de ty-pe, ce Dey-cke-caire !...

Elle ne bougeait plus. Apparemment, elle s'était endormie et je n'obtiendrais jamais de réponse. Je l'ai entendue grommeler :

— Il vous intéresse, Deyckecaire ?

Le clignotement d'un phare dans la nuit. Si faible. Elle a repris d'une voix traînante :

— Qu'est-ce que vous lui voulez à cet individu ?

— Rien... Vous le connaissez depuis long-temps ?

— Cet individu ? — Elle prononçait « individu » avec l'insistance que mettent les ivrognes à répéter toujours le même mot.

— Si je comprends bien, ai-je risqué, c'est un ami de Murraille ?

— Son confident !

J'allais lui demander ce qu'elle entendait par « confident », mais j'ai préféré rester à l'affût. Elle se livrait à d'interminables digres-sions, se taisait, murmurait des phrases confuses. J'avais l'habitude de ces sortes de tâtonnements, ces parties harassantes de

129

colin-maillard où vous avez beau tendre les bras, vous ne rencontrez que du vide. J'essayais — non sans mal — de la ramener dans le vif du sujet. Au bout d'une heure, j'avais réussi tout de même à lui arracher quelques précisions. Oui, vous étiez bien le « confident » de Murraille. Vous lui serviez de prête-nom et de factotum pour traiter certaines affaires suspectes. Marché noir ? Démarchage ? Elle a fini par me déclarer en bâillant : « D'ailleurs, Jean va se débarrasser de lui le plus vite possible ! » Voilà qui était net. A partir de cet instant nous avons parlé de choses et d'autres. Elle est allée chercher une petite malle de cuir sur le bureau et m'a montré les bijoux que lui avait offerts Murraille. Il les choisissait massifs et incrustés de pierres précieuses, car, selon lui « on pourrait plus facilement les négocier en cas de coup dur ». Je lui ai dit que je trouvais cette idée pleine d'à-propos, « dans une époque comme la nôtre ». Elle m'a demandé si je sortais beaucoup à Paris. Il y avait des tas de spectacles épatants : Roger Duchesne et Billy Bourbon passaient au cabaret du *Club*. Sessue Hayakawa reprenait *Forfaiture* à l'Ambigu et l'on pouvait voir, aux thés-apéritifs du *Chapiteau*, Michel Parme et l'orchestre de Skar-

jinsky. Moi, je pensais à vous, « papa ».
Ainsi, vous étiez un homme de paille qu'on
liquide le moment venu. Votre disparition ne
ferait pas plus de bruit que celle d'une
mouche. Qui se souviendrait encore de vous
dans vingt ans ?

Elle a tiré les rideaux. Je ne distinguais
plus que son visage et ses cheveux roux. J'ai
récapitulé les événements de la soirée. Le
dîner interminable, la promenade au clair de
lune, Murraille et Marcheret rentrant à la
« Villa Mektoub ». Et votre silhouette sur la
route du Bornage. Oui, toutes ces choses
imprécises appartenaient au passé. J'avais
remonté le cours du temps pour retrouver et
suivre vos traces. En quelle année étions-
nous ? A quelle époque ? En quelle vie ? Par
quel prodige vous avais-je connu quand vous
n'étiez pas encore mon père ? Pourquoi avais-
je fait pareils efforts, alors qu'un chansonnier
racontait une « histoire juive », dans un
cabaret qui sentait l'ombre et le cuir, devant
d'étranges consommateurs ? Pourquoi avais-je
voulu, si tôt, être votre fils ? Elle a éteint la
lampe de chevet. Des éclats de voix derrière la
cloison. Maud Gallas et Dédé Wildmer. Ils se
sont injuriés pendant un bon moment et puis il
y a eu des soupirs, des râles. La T.S.F. ne

grésillait plus. Après un morceau joué par l'orchestre Fred Adison, on a annoncé le dernier bulletin du radio-journal. Et c'était effrayant d'entendre ce speaker hystérique — toujours le même — dans le noir.

Il m'en a fallu, de la patience ! Marcheret m'entraînait à l'écart et commençait à me décrire, maison par maison, le quartier réservé de Casablanca où il avait passé — me disait-il — les plus beaux moments de sa vie. On n'oublie pas l'Afrique ! Elle laisse des traces. Continent vérolé. Je le laissais divaguer pendant des heures sur « cette putain d'Afrique », en lui témoignant un intérêt poli. Il avait un autre sujet de conversation. Son sang royal. Il prétendait descendre du duc du Maine, fils bâtard de Louis XIV. Son titre de « comte d'Eu » le prouvait. Chaque fois, il voulait m'en faire la démonstration, stylo et papier à l'appui. Il entreprenait alors de dresser un arbre généalogique et ce travail durait jusqu'à l'aube. Il s'embrouillait, rayait des noms, en ajoutait, son écriture devenait illisible. A la fin, il déchirait la feuille en petits morceaux et me foudroyait du regard :
— Vous n'y croyez pas, hein ?

D'autres soirs, le paludisme et son prochain mariage avec Annie Murraille revenaient sur le tapis. Les crises s'espaçaient mais il ne pourrait jamais guérir. Et Annie n'en faisait qu'à sa tête. Il ne l'épousait que par amitié pour Murraille. Ça ne tiendrait pas une semaine... Ces constatations le rendaient amer. L'alcool aidant, il se montrait agressif, me traitait de « petit morveux » et de « blanc-bec ». Dédé Wildmer était un « maquereau », Murraille un « partouzeur » et mon père « un juif qui ne perdait rien pour attendre ». Il se calmait peu à peu, me priait de l'excuser. Et si nous buvions un dernier vermouth ? Pas de meilleur remède contre le cafard.

Murraille, lui, me parlait de son journal. Il allait augmenter l'épaisseur de *C'est la vie,* 36 pages, avec de nouvelles rubriques où les talents les plus divers pourraient s'exprimer. On allait bientôt fêter son jubilé journalistique : à cette occasion un déjeuner réunirait la plupart de ses confrères : Maulaz, Gerbère, Le Houleux, Lestandi... et d'autres personnages importants. Il me les présenterait. Il était ravi de m'aider. Si j'avais besoin d'argent, je ne devais pas hésiter à le lui dire : il me verserait des avances sur mes prochaines nouvelles. A mesure que l'heure passait, son assurance et son ton protecteur faisaient place à une <u>nervosité de plus en plus grande</u>. Il recevait chaque jour — me confiait-il — une centaine de lettres <u>anonymes</u>. On en voulait à sa peau et il avait été contraint de demander un permis de <u>port d'armes.</u> En somme, on lui reprochait de prendre parti à une époque où la plupart des gens se « vautraient dans l'attentisme ». Lui, au moins, proclamait ses opinions. Noir sur blanc. Il était jusqu'à présent du bon côté du manche, mais la situation évoluerait peut-être dans un sens défavorable pour lui et ses amis. Et alors on ne leur ferait pas de cadeaux. En attendant, il n'avait de leçons à recevoir de personne. Je lui disais que c'était bien mon avis. De drôles d'idées me passaient par la tête : ce type ne se méfiait pas de moi (du moins je le croyais) et il aurait été facile de le descendre. On n'a pas toujours l'occasion de se trouver en présence d'un « <u>traître</u> » et d'un « <u>vendu</u> ». Il faut en profiter. Il souriait. <u>Au fond, il m'était sympathique.</u>

— Tout cela, mon cher, n'a aucune importance...

Il aimait vivre dangereusement. Il allait

« se mouiller » encore plus dans son prochain éditorial.

Sylviane Quimphe, elle, m'entraînait chaque après-midi au manège. Nous croisions souvent, au cours de notre promenade, un homme portant la soixantaine distinguée. Je ne lui aurais pas prêté une attention particulière si je n'avais été frappé par le regard de mépris qu'il nous lançait. Sans doute jugeait-il scandaleux qu'on pût encore monter à cheval et penser à se distraire « dans un temps aussi tragique que le nôtre ». Nous laisserions de bien mauvais souvenirs en Seine-et-Marne... Le comportement de Sylviane Quimphe n'était pas fait pour augmenter notre popularité. Lorsque nous remontions la grand-rue, elle parlait fort, et riait aux éclats.

A mes rares moments de solitude, je rédigeais les « feuilletons » pour Murraille. *Les Confessions d'un chauffeur mondain* lui donnaient entière satisfaction et il m'avait commandé trois autres textes. Je lui avais livré *Les Confidences d'un photographe académique*. Restaient : *Via Lesbos* et *La Dame des studios* que je m'efforçais d'écrire le plus diligemment possible. Telles étaient les épreuves auxquelles je me pliais dans l'espoir d'établir un contact avec vous. Pornographe, gigolo, confident d'un alcoolique et d'un maître chanteur, jusqu'où m'entraîneriez-vous ? Faudrait-il plonger encore plus profond pour vous arracher à votre cloaque ?

Je pense en ce moment à la vanité de mon entreprise. On s'intéresse à un homme, disparu depuis longtemps. On voudrait interroger les personnes qui l'ont connu mais leurs traces se sont effacées avec les siennes. Sur ce qu'a été sa vie, on ne possède que de très vagues indications souvent contradictoires, deux ou trois points de repère. Pièces à conviction ? un timbre-poste et une fausse légion d'honneur. Alors il ne reste plus qu'à imaginer. Je ferme les yeux. Le bar du Clos-Foucré et le salon colonial de la « Villa Mektoub ». Après tant d'années les meubles sont couverts de poussière. Une odeur de moisi me prend à la gorge. Murraille, Marcheret, Sylviane Quimphe se tiennent immobiles comme des mannequins de cire. Et vous, vous êtes affalé sur un pouf, le visage figé et les yeux grands ouverts.

Quelle drôle d'idée, vraiment, de remuer toutes ces choses mortes.

Le mariage devait avoir lieu le lendemain mais Annie ne donnait pas de ses nouvelles.

Murraille essayait désespérément de la joindre par téléphone. Sylviane Quimphe consultait son agenda et lui indiquait les numéros
des boîtes de nuit où « cette idiote » était
susceptible de se trouver. *Chez Tonton*, Tri-
nité 87.42. *Au Bosphore*, Richelieu 94.03. *El
Garron*, Vintimille 30.54, *L'Étincelle*... Marcheret, taciturne, avalait, cul sec, de grandes
rasades de cognac. Murraille, entre deux
appels téléphoniques, le suppliait de patien-
ter. On lui avait signalé le passage d'Annie,
vers onze heures, au *Monte-Cristo*. Avec un
peu de chance on la « coincerait » chez
Djiguite ou à *L'Armorial*. Mais Marcheret n'y
croyait plus. Non, ce n'était pas la peine
d'insister. Et vous, sur votre pouf, vous
affectiez un air navré. Vous avez fini par
murmurer :

— Essayons au *Poisson d'Or,* Odéon
90.95...

Marcheret a levé la tête :

— Toi, Chalva, on ne te demande pas ton
avis...

Vous reteniez votre souffle pour ne pas
attirer leur attention. Vous auriez bien voulu
disparaître sous terre. L'autre, de plus en plus
fiévreux, continuait de téléphoner : *Le Doge,*
Opéra 95.78. *Chez Carrère*, Balzac 59.60. *Les*

Trois Valses, Vernet 15.27, *Au Grand Large...*

Vous avez répété doucement :

— Peut-être au *Poisson d'Or,* Odéon 90.95...

Murraille a crié :

— Tu te tais, Chalva, compris ?

Il brandissait le téléphone comme une massue et ses jointures, aux phalanges, blanchissaient. Marcheret a bu lentement son cognac puis :

— S'il émet encore un son, je lui sectionne la langue au rasoir !... C'est de toi qu'il s'agit, Chalva...

J'en ai profité pour me glisser sur la véranda. J'ai respiré, à pleins poumons. Le silence, la fraîcheur de la nuit. Enfin seul. Je regardais, attentivement, la Talbot de Marcheret, garée derrière le portail. La carrosserie luisait au clair de lune. Il oubliait toujours les clés sur le tableau de bord. Ni lui ni Murraille n'auraient entendu le bruit du moteur. En vingt minutes, j'étais à Paris. Je retrouvais ma petite chambre du boulevard Gouvion-Saint-Cyr. Je n'en bougeais plus, en attendant des jours meilleurs. Je cessais de me mêler de choses qui ne me regardaient pas et de prendre des risques inutiles. A vous de vous débrouiller. Chacun pour soi. Mais la perspective de vous laisser seul avec eux m'a causé une douloureuse contraction du côté gauche de la poitrine. Non, ce n'était pas le moment de vous abandonner.

Derrière moi, quelqu'un poussait la porte-fenêtre et s'asseyait sur l'un des fauteuils de la véranda. Je me suis retourné et j'ai reconnu votre silhouette dans la demi-pénombre. Vraiment, je ne m'attendais pas que vous veniez me rejoindre ici. J'ai marché vers vous avec précaution comme un chasseur de papillons s'approche d'une pièce rare qui risque de s'envoler d'une seconde à l'autre. C'est moi qui ai rompu le silence :

— Alors, ils ont retrouvé Annie ?

— Pas encore.

Vous avez eu un rire étouffé. A travers la vitre je voyais Murraille, debout, le combiné du téléphone entre sa joue et son épaule. Sylviane Quimphe mettait un disque sur le phono. Marcheret se versait à boire d'un geste d'automate.

— Ils sont curieux, vos amis, ai-je remarqué.

— Ce ne sont pas mes amis mais... des relations d'affaires.

Vous cherchiez de quoi allumer une cigarette et je me suis permis de vous tendre le briquet en platine que m'avait donné Sylviane Quimphe.

— Vous êtes dans les affaires ? ai-je demandé.

— Il faut bien.

De nouveau ce rire étouffé.

— Vous travaillez avec Murraille ?

Après un temps d'hésitation :

— Oui.

— Et ça marche ?

— Comme ci, comme ça.

Nous avions la nuit devant nous pour nous expliquer. Cette « prise de contact » que j'espérais depuis si longtemps allait enfin se produire. J'en étais sûr. Du salon me parvenait la voix sourde d'un chanteur de tango :

A la luz del candil...

— Et si nous nous dégourdissions un peu les jambes ?

— Pourquoi pas ? avez-vous répondu.

J'ai jeté un dernier regard en direction de la porte-fenêtre. Il y avait de la buée aux vitres et je ne distinguais plus que trois grosses taches noyées au fond d'un brouillard jaune. Peut-être s'étaient-ils endormis...

A la luz del candil...

Cette chanson que j'entendais encore par
bribes au bas de l'allée me rendait perplexe.
Étions-nous vraiment en Seine-et-Marne ou
dans quelque pays tropical ? San Salvador ?
Bahia Blanca ? J'ai ouvert le portail, caressé le
toit de la Talbot. Nous n'en avions pas besoin.
D'une simple enjambée, d'un seul grand
écart, nous aurions pu regagner Paris. Nous
suivions la grand-rue en état d'apesanteur.

— Et s'ils s'aperçoivent que vous leur avez
faussé compagnie ?

— Aucune importance.

Une telle réponse m'a étonné de votre part,
vous toujours si craintif, si servile avec eux...
Pour la première fois, vous paraissiez
détendu. Nous avons pris le chemin du Bornage. Vous sifflotiez et vous avez même
esquissé une glissade de tango ; et moi, je me
laissais gagner par une euphorie suspecte.
Vous m'avez dit : « Venez visiter ma villa »,
comme si la chose allait de soi.

A partir de ce moment, je sais que je rêve
et j'évite les gestes trop brusques pour ne pas
me réveiller. Nous traversons le parc à l'abandon, nous entrons dans le vestibule et vous

refermez la porte à double tour. Vous me désignez plusieurs pardessus entassés à même le sol.

— Couvrez-vous, on gèle ici.

C'est vrai. Je claque des dents. Les lieux ne vous sont pas encore très familiers puisque vous avez de la peine à trouver le commutateur. Un canapé, des bergères, des fauteuils recouverts de housses. Il manque plusieurs ampoules à la suspension. Sur une commode, entre les deux fenêtres, un bouquet de fleurs séchées. Je devine que d'habitude vous évitez cette pièce, mais que vous avez voulu me faire cette nuit les honneurs du salon. Nous restons immobiles, aussi embarrassés l'un que l'autre. Enfin vous me dites :

— Asseyez-vous, je vais préparer un peu de thé.

Je prends place sur l'une des bergères. L'ennuyeux, avec les housses, c'est qu'il faut bien se caler pour ne pas glisser. Devant moi, trois gravures représentant des scènes champêtres dans le goût du XVIIIe. Je distingue mal les détails à cause des verres poussiéreux. J'attends et ce décor fané me rappelle le salon d'un dentiste de la rue de Penthièvre où j'avais trouvé refuge pour échapper à un contrôle d'identité. Les meubles étaient recou-

142

verts de housses, comme ceux-ci. De la fenêtre, je voyais les policiers barrer la rue, le panier à salade rangé un peu plus loin. Ni le dentiste ni la vieille dame qui m'avait ouvert la porte ne donnaient signe de vie. Vers onze heures du soir, je me suis retiré sur la pointe des pieds et j'ai filé dans la rue déserte.

Maintenant, nous sommes assis l'un en face de l'autre et vous me servez une tasse de thé.

— De l'Earl Grey, me chuchotez-vous.

Nous avons curieuse allure avec ces pardessus. Le mien est une sorte de caftan en poil de chameau, beaucoup trop large. Au revers du vôtre, je remarque la rosette de la Légion d'honneur. Il devait appartenir au propriétaire de la maison.

— Vous prendrez peut-être quelques biscuits ? Je crois qu'il en reste encore.

Vous ouvrez l'un des tiroirs de la commode.

— Tenez, goûtez-moi ça...

Des gaufres à la crème que l'on nomme « Ploum-Plouvier ». Vous raffoliez de ces pâtisseries écœurantes et nous en achetions régulièrement chez un boulanger de la rue Vivienne. Au fond rien n'a changé. Souvenez-vous. Il nous arrivait de passer de longues soirées ensemble dans des locaux aussi tristes que celui-ci. Le « living » du 64 avenue Félix-Faure et ses meubles en merisier...

— Encore un peu de thé ?

— Volontiers.

— Excusez-moi, mais je n'ai pas de citron. Un autre Ploum ?

C'est dommage, qu'engoncés dans nos immenses pardessus, nous adoptions le ton de la conversation mondaine. Nous aurions tant de choses à nous dire ! Qu'avez-vous fait, « papa », au cours de ces dix dernières années ? Pour moi, vous savez, la vie n'a pas été facile. J'ai confectionné quelque temps encore des fausses dédicaces. Jusqu'au jour où le client auquel je proposais une lettre d'amour d'Abel Bonnard à Henry Bordeaux devina la supercherie et voulut me traîner en correctionnelle. Évidemment je préférai disparaître. Un poste de pion dans un collège de la Sarthe. Grisaille. Mesquinerie de mes collègues. Classes d'adolescents butés et ricaneurs. Le soir, tournée des bistrots avec le prof' de gymnastique qui essayait de me convertir à l'hébertisme et me racontait les jeux Olympiques de Berlin...

Et vous ? Avez-vous continué d'expédier vos paquets aux collectionneurs de France et d'outre-mer ? Plusieurs fois, j'ai voulu vous écrire du fond de ma province. Mais à quelle adresse ?

Nous avons l'air de deux cambrioleurs. J'imagine la surprise des propriétaires s'ils nous voyaient, prenant le thé dans leur salon. Je vous demande :

— Vous avez acheté la maison ?

— Elle était... abandonnée. — Vous me regardez de biais. Les propriétaires ont préféré partir à cause... des événements.

C'est bien ce que je pensais. Ils attendent en Suisse ou au Portugal des jours meilleurs et, quand ils reviendront, nous ne serons hélas plus là pour les accueillir. Les choses auront repris leur aspect coutumier. S'apercevront-ils de notre passage ? Même pas. Nous avons la discrétion des rats. A moins que quelques miettes, une tasse oubliée... Vous ouvrez le coffret à liqueurs, timidement, comme si vous craigniez qu'on vous surprenne.

— Un peu de poire William's ?

Mais oui. Profitons-en. Ce soir, la maison nous appartient. Je garde les yeux fixés sur votre rosette et je n'ai rien à vous envier : j'arbore moi aussi au revers de mon manteau un petit ruban rose et or, sans doute quelque Mérite militaire. Parlons de choses rassurantes, voulez-vous ? Du jardin qu'il faudra

145

désherber et de ce bronze de Barbedienne si beau, sous la clarté des lampes. Vous êtes exploitant forestier et moi, votre fils, officier d'active. Je viens passer mes permes dans notre bonne chère maison. J'y retrouve les odeurs familières. Ma chambre n'a pas changé. Au fond du placard, le poste à galène, les soldats de plomb et le Meccano de jadis. Maman et Geneviève montent se coucher. Nous restons au salon, entre hommes. J'aime ces moments-là. Nous buvons l'alcool de poire à petites gorgées. Ensuite, nous aurons le même geste pour bourrer nos pipes. Nous nous ressemblons, papa. Deux paysans, deux mauvaises têtes de Bretons, comme vous dites. Les rideaux sont tirés, le feu crépite doucement. Bavardons en vieux complices.

— Vous fréquentez Murraille et Marcheret depuis longtemps ?

— Depuis l'année dernière.

— Et vous vous entendez bien avec eux ?

Vous avez fait semblant de ne pas comprendre. Vous toussotiez. Je suis revenu à la charge.

— A mon avis, il faut se méfier de ces gens-là.

Vous restiez impassible, les yeux plissés.

146

Peut-être me preniez-vous pour un agent provocateur. Je me suis rapproché de vous.

— Excusez-moi de me mêler de choses qui ne me regardent pas, mais j'ai l'impression qu'ils vous veulent du mal.

— Moi aussi, avez-vous répondu.

Je crois que vous vous sentiez brusquement en confiance. Me reconnaissiez-vous ? Vous avez rempli nos verres.

— Nous pourrions trinquer, ai-je dit.

— Volontiers !

— A votre santé, monsieur le Baron !

— A la vôtre, monsieur... Alexandre ! Nous vivons des temps bien difficiles, monsieur Alexandre.

Vous avez répété cette phrase deux ou trois fois, en guise de préambule, et puis vous m'avez expliqué votre cas. Je vous entendais mal, comme si vous me parliez au téléphone. Un filet de voix étouffé par la distance et les années. De temps en temps, je captais quelques bribes : « Partir »..., « Passage des frontières »..., « Or et devises »... Et cela suffisait pour reconstituer votre histoire. Murraille, connaissant vos talents de courtier, vous avait placé à la tête d'une prétendue « Société française d'achats », dont le rôle consistait à stocker les produits les plus divers

147

et à les ecouler ensuite au prix fort. Il s'adjugeait les trois quarts des bénéfices. Au début, tout allait bien, vous étiez content d'occuper un grand bureau, rue Lord-Byron mais depuis peu, Murraille n'avait plus besoin de vos services et vous jugeait encombrant. Rien de plus facile, en ce temps-là, que de se débarrasser d'un individu de votre espèce. Apatride, sans raison sociale ni domicile fixe, vous cumuliez de lourds handicaps. Il suffisait de prévenir les inspecteurs zélés des Brigades spéciales... Vous n'aviez aucun recours... sauf un portier de boîte de nuit du nom de « Titiko ». Il voulait bien vous présenter à l'une de ses « relations » qui vous ferait passer la frontière belge. Le rendez-vous devait avoir lieu d'ici trois jours. Vous emporteriez pour tout viatique 1 500 dollars, un diamant rose et de petites plaques d'or en forme de bristol, faciles à dissimuler.

J'ai l'impression d'écrire un « mauvais roman d'aventures », mais je n'invente rien. Non, ça n'est pas cela, inventer... Il existe certainement des preuves, une personne qui vous a connu, jadis, et qui pourrait témoigner de toutes ces choses. Peu importe. Je suis avec vous et je le resterai jusqu'à la fin du livre. Vous jetiez des regards craintifs en direction de l'entrée.

— Soyez tranquille, vous ai-je dit. Ils ne viendront pas.

Vous vous détendiez peu à peu. Je vous répète que je resterai avec vous jusqu'à la fin de ce livre, le dernier concernant mon autre vie. Ne croyez pas que je l'écris par plaisir, mais je n'avais pas d'autre possibilité.

— C'est drôle, monsieur Alexandre, que nous nous trouvions ensemble dans ce salon.

La pendule a sonné douze coups. Une pièce massive, sur la cheminée, avec, de chaque côté du cadran, un chevreuil en bronze.

— Le propriétaire devait aimer les pendules. Il y en a même une, au premier étage, qui imite le carillon de Westminster.

Et vous avez pouffé de rire. J'avais l'habitude de ces accès d'hilarité. Lorsque nous habitions square Villaret-de-Joyeuse et que tout allait mal pour nous, je vous entendais rire, la nuit, derrière la cloison de ma chambre. Ou bien vous rentriez, un paquet d'actions poussiéreuses sous le bras. Vous le laissiez tomber en me déclarant d'une voix morte : « Je ne serai jamais coté en Bourse. » Vous restiez immobile à contempler votre butin, épars sur le plancher. Et ça vous prenait brusquement. Un rire qui s'amplifiait, vous secouait les épaules. Vous ne pouviez plus vous arrêter.

— Et vous, monsieur Alexandre, qu'est-ce que vous faites, dans la vie ?

Que vous répondre ? Ma vie ? Aussi ballottée que la vôtre, « papa ». Dix-huit mois dans la Sarthe en qualité de pion, comme je vous le disais. Pion encore, à Rennes, Limoges, et Clermont-Ferrand. Je choisis des institutions religieuses. On y est plus à l'abri. Ce travail casanier m'apporte la paix de l'âme. L'un de mes collègues, passionné de scoutisme, vient de créer un camp de jeunes en forêt de Seillon. Il cherche des moniteurs et m'embauche. Me voici en pantalon de golf bleu marine et jambières de cuir fauve. Nous nous levons à six heures. Nous partageons nos journées entre l'éducation sportive et les travaux manuels. Chants choraux le soir, à la veillée. Tout un folklore attendrissant : Montcalm, Bayard, Lamoricière, « Adieu, belle Françoise », varlope, burin, esprit chasseur. J'y suis resté trois ans. Une cachette sûre et bien commode pour se faire oublier. Hélas ! mes mauvais instincts ont repris le dessus. J'ai fui cette oasis et me suis retrouvé gare de l'Est, sans avoir eu le temps d'enlever mon béret et mes écussons.

Je sillonne Paris en quête d'un travail stable, d'une cause à laquelle me dévouer. Recherches vaines. Le brouillard ne se lève pas, le pavé glisse. Je suis sujet à des pertes d'équilibre de plus en plus fréquentes. Dans mes cauchemars, je rampe inlassablement pour retrouver ma colonne vertébrale. La soupente que j'habite, boulevard Magenta, servait d'atelier au peintre Domergue, du temps où il n'avait pas encore conquis la gloire. Je m'efforce de voir là-dedans un signe de bon augure.

De mes activités, à cette époque, il ne me reste qu'un souvenir bien vague. Je crois avoir été l' « assistant » d'un certain docteur S. qui recrutait sa clientèle parmi les drogués et leur délivrait des ordonnances à prix d'or. Je devais lui servir de rabatteur. Il me semble aussi que j'officiais en qualité de « secrétaire » auprès d'une poétesse anglaise, fanatique de Dante Gabriel Rossetti. Détails sans importance.

Je ne retiens que mes déambulations à travers Paris et ce centre de gravité, cet aimant contre lequel j'échouais toujours : la préfecture de police. J'avais beau m'en éloigner, mes pas m'y ramenaient au bout de quelques heures. Une nuit où j'étais plus découragé que de coutume, j'ai failli demander aux gardiens de la grande porte, boulevard du Palais, la permission d'entrer. Je comprenais mal l'attirance que la police exerçait sur moi. D'abord j'ai pensé qu'il s'agissait du vertige que l'on éprouve lorsqu'on se penche au-dessus du parapet d'un pont, mais il y avait autre chose. Pour les garçons déboussolés de ma sorte, la police représente quelque chose de solide et d'imposant. Moi, je rêvais d'en être. Je m'en ouvris à Sieffer, un inspecteur de la mondaine que j'avais eu la chance de rencontrer. Il m'écouta, sourire en coin mais avec une sollicitude paternelle et voulut bien me prendre dans son service. Pendant plusieurs mois, j'ai effectué des filatures à titre bénévole. Je devais suivre les personnes les plus diverses et consigner leur emploi du temps. Combien de secrets émouvants ai-je découverts au cours de ces randonnées... Tel notaire de la Plaine Monceau, vous le surprenez à Pigalle en perruque blonde et robe de satin. J'ai vu des êtres insignifiants se transformer d'un instant à l'autre en créatures de cauchemar ou héros de tragédie. Les derniers temps, j'ai cru devenir fou. Tous ces inconnus, je m'identifiais à eux. C'était *moi* que je traquais sans relâche. Moi, le vieillard en imperméable ou la femme au tailleur beige. J'en ai parlé à Sieffer.

— Inutile d'insister. Vous êtes un amateur, mon petit.

Il m'a raccompagné jusqu'à la porte de son bureau.

— Rassurez-vous. Nous nous reverrons.

Il a ajouté d'une voix sourde :

— Tôt ou tard, malheureusement, on se retrouve tous au dépôt...

J'avais une vraie affection pour cet homme et me sentais en confiance avec lui. Lorsque je lui exposais mes états d'âme, il m'enveloppait d'un regard triste et chaleureux. Qu'est-il devenu ? Peut-être pourrait-il nous aider, maintenant ? Cet intermède policier ne m'a pas remonté le moral. Je n'osais plus quitter ma chambre du boulevard Magenta. Une menace planait. Je pensais à vous. J'avais le pressentiment que vous étiez en danger quelque part. Chaque nuit, vous m'appeliez au secours entre trois et quatre heures du matin. Peu à peu, l'idée s'est faite dans mon esprit de partir à votre recherche.

Vous ne m'aviez pas laissé un excellent souvenir, mais les choses, après dix ans, perdent de leur importance et je ne vous tenais aucune rigueur de l' « épisode douloureux du métro George-V ». Nous allons aborder ce sujet encore une fois et ce sera la dernière. De deux choses l'une : 1. Je vous suspecte à tort. Veuillez, en ce cas, accepter mes excuses et mettre cette erreur au compte de mes délires. 2. Si vous avez voulu me pousser sous le métro, je vous accorde de bonne grâce les circonstances atténuantes. Non, votre cas n'a rien d'exceptionnel. Qu'un père cherche à tuer son fils ou à s'en débarrasser me semble tout à fait symptomatique du grand bouleversement des valeurs que nous vivons. Naguère, on observait le phénomène inverse : les fils tuaient leur père pour se prouver qu'ils avaient des muscles. Mais maintenant, contre qui porter nos coups ? Nous voilà condamnés, orphelins que nous sommes, à poursuivre un fantôme en reconnaissance de paternité. Impossible de l'atteindre. Il se dérobe toujours. C'est fatigant, mon gros. Vous dirai-je les efforts d'imagination que j'ai fournis ? Ce soir, vous êtes en face de moi, avec vos yeux exorbités. Vous avez l'allure d'un trafiquant de marché noir aux abois et votre titre de « baron » ne peut guère donner le change. Vous l'aviez choisi, je

154

présume, en espérant qu'il vous apporterait aplomb et respectabilité. Cette comédie est inutile entre nous. Je vous connais de trop longue date. Rappelez-vous, baron, nos promenades dominicales. Du centre de Paris, un courant mystérieux nous faisait dériver jusqu'aux boulevards de ceinture. La ville y rejette ses déchets et ses alluvions. Soult, Masséna, Davout, Kellermann. Pourquoi a-t-on donné des noms de vainqueurs à ces lieux incertains ? Elle était là, notre patrie.

Rien n'a changé. Après dix ans, je vous retrouve pareil à vous-même : épiant la porte d'entrée du salon, comme un rat effarouché. Et moi, je me retiens au bras du canapé, à cause de la housse glissante. Nous aurons beau faire, nous ne connaîtrons jamais le repos, la douce immobilité des choses. Nous marcherons jusqu'au bout sur du sable mouvant. Vous transpirez de peur. Ressaisissez-vous, mon vieux. Je suis à vos côtés, je vous tiens la main dans le noir. Quoi qu'il arrive, je partagerai votre sort. En attendant, visitons les lieux. Par la porte de gauche, nous accédons à une petite pièce. Fauteuils en cuir comme je les aime. Bureau de bois sombre. Avez-vous fouillé les tiroirs ? Nous nous introduirions dans l'intimité des propriétaires et, peu à peu, nous aurions le sentiment d'appartenir à la famille ; y a-t-il aux étages supérieurs d'autres tiroirs, des commodes, des poches que nous pourrions explorer ? Nous disposons de quelques heures de répit. Cette pièce est plus agréable que le salon. Parfum de tweed et de tabac hollandais. Sur les étagères, des livres bien rangés : les œuvres complètes d'Anatole France et la collection du « Masque » reconnaissable aux couvertures jaunes. Asseyez-vous derrière le bureau. Tenez-vous droit. Il n'est pas interdit de rêver au cours que prendraient nos vies dans un tel décor. Des journées entières à lire ou à bavarder. Un berger allemand monterait la garde et découragerait les visiteurs éventuels. Le soir, nous ferions des parties de manille avec ma fiancée.

La sonnerie du téléphone. Vous vous levez d'un bond, le visage décomposé. Je dois dire que ce grelottement, au milieu de la nuit, n'est pas encourageant. On s'assure de votre présence pour vous arrêter à l'aube. On raccroche avant que vous ayez le temps de répondre. Sieffer employait souvent de tels procédés. Nous montons quatre à quatre les escaliers, trébuchons, tombons l'un sur l'autre, nous relevons. Il faut traverser une enfilade de

156

chambres et vous ne savez pas où sont les commutateurs. Je bute contre un meuble, vous cherchez à tâtons le combiné de l'appareil. C'est Marcheret. Il se demandait avec Murraille pourquoi nous avions disparu.

Sa voix résonne étrangement dans l'obscurité. Ils viennent de joindre Annie, au *Grand Ermitage moscovite*, rue Caumartin. Elle était ivre mais elle a promis quand même de se trouver demain, à trois heures tapantes, devant la mairie.

Quand ils ont échangé leurs alliances, elle a pris la sienne et l'a jetée au visage de Marcheret. Le maire a fait mine de ne rien voir. Guy a essayé de sauver la mise en éclatant de rire.

Mariage hâtif et improvisé. Peut-être trouverait-on, dans la presse de l'époque, quelques brefs comptes rendus. Moi, je me souviens qu'Annie Murraille portait un manteau de fourrure et que cette tenue, en plein mois d'août, augmentait le malaise.

Sur le chemin du retour, ils n'ont pas échangé un mot. Elle marchait au bras de son témoin, Lucien Remy, « artiste de variétés » (c'était ce que j'avais entendu à la lecture de

l'acte de mariage) ; et vous, témoin de Marcheret, vous y figuriez avec la mention suivante :
« Baron Chalva Henri Deyckecaire, industriel. »

Murraille allait de Marcheret à sa nièce en
plaisantant pour détendre l'atmosphère. Sans
succès. Il a fini par se lasser et n'a plus dit un
mot. Nous fermions vous et moi ce curieux
cortège.

Un lunch était prévu au Clos-Foucré. Vers
cinq heures, plusieurs intimes, venus spécialement de Paris, se sont rassemblés autour des
coupes de champagne. Grève avait dressé le
buffet au milieu du jardin.

Nous nous tenions l'un et l'autre légèrement
à l'écart. Et j'observais. Bien des années ont
passé, mais les visages, les gestes, les
inflexions de voix restent gravés dans ma
mémoire. Il y avait là Georges Lestandi, qui
répandait chaque semaine en première page
du journal de Murraille ses « échos » fielleux
et ses dénonciations. Gras, le verbe haut, une
pointe d'accent bordelais. Robert Delvale,
directeur du théâtre de l'Avenue, les cheveux
argent, la soixantaine cambrée, se flattant
d'être « citoyen » de Montmartre dont il culti-
vait le folklore. François Gerbère, un autre
collaborateur de Murraille, spécialiste des

158

éditoriaux enflammés et des appels au meurtre. Gerbère appartenait à cette catégorie de garçons hypernerveux qui zézaient et jouent volontiers les pasionarias ou les fascistes de choc. Le virus politique l'avait saisi au sortir de Normale Supérieure. Il était resté fidèle à l'esprit — très provincial — de la rue d'Ulm et l'on s'étonnait que ce khâgneux de trente-huit ans pût se montrer aussi féroce.

Lucien Remy, le témoin de la mariée. Au physique, un voyou de charme, dents blanches, cheveux luisants de Bakerfixe. On l'entendait quelquefois chanter à Radio-Paris. Il évoluait aux confins du milieu et du music-hall. Enfin Monique Joyce nous a rejoints. Vingt-six ans, brune, un air de fausse candeur. Elle débutait au théâtre et n'y a pas laissé un grand souvenir. Murraille avait un faible pour elle et l'on voyait souvent sa photo en couverture de *C'est la vie*. Des reportages lui étaient consacrés. L'un d'eux nous la présentait comme « la Parisienne la plus élégante de la Côte d'Azur ». Sylviane Quimphe, Maud Gallas et Wildmer étaient, bien sûr, de la partie.

Au contact de tous ces gens, Annie Murraille a retrouvé sa bonne humeur. Elle a embrassé Marcheret en lui demandant pardon et lui a glissé son alliance au doigt d'un geste cérémonieux. Applaudissements. Les coupes de champagne se sont entrechoquées. On s'interpellait de part et d'autre, des groupes se formaient. Lestandi, Delvale et Gerbère félicitaient le marié. Murraille, dans un coin, s'entretenait avec Monique Joyce. Lucien Remy avait beaucoup de succès auprès des femmes si l'on en jugeait par les regards de Sylviane Quimphe. Mais il réservait ses sourires à Annie Murraille qui s'appuyait contre lui de façon insistante. On devinait qu'ils étaient très intimes. Maud Gallas et l'apoplectique Wildmer faisaient circuler boissons et petits fours, en maîtres de maison. J'ai ici, dans une mince serviette, toutes les photos de la cérémonie et mille fois je les ai regardées jusqu'à ce que mes yeux se voilent de fatigue et de larmes.

On nous avait oubliés. Nous restions immobiles, en retrait, sans que personne ne nous prêtât la moindre attention. J'ai pensé que nous nous étions introduits par erreur dans cette étrange garden-party. Vous sembliez aussi désemparé que moi. Nous aurions dû déguerpir au plus vite et je ne parviens pas encore à expliquer le vertige qui m'a pris. Je vous ai planté là et me suis avancé vers eux d'un pas mécanique.

On me poussait dans le dos. C'était Murraille. Il m'entraînait à sa suite et je me suis retrouvé en face de Gerbère et de Lestandi. Murraille m'a présenté comme « un jeune journaliste de talent qu'il venait d'engager ». Aussitôt Lestandi, sur un ton mi-protecteur mi-ironique, m'a gratifié d'un « très heureux mon cher confrère ».

— Et qu'est-ce que vous écrivez de beau ? m'a demandé Gerbère.

— Des nouvelles.

— C'est très bien, les nouvelles, a remarqué Lestandi. On ne se mouille pas. Terrain neutre. Qu'en pensez-vous, François ?

Murraille s'était esquivé. J'aurais voulu en faire autant.

— Entre nous, a dit Gerbère, vous croyez que nous vivons une époque où l'on peut encore écrire des nouvelles ? Moi, je n'ai aucune imagination.

— Mais beaucoup de mordant ! s'est récrié Lestandi.

— Parce que je ne cherche pas midi à quatorze heures. Je pousse mes coups de gueule et c'est tout.

— Et c'est formidable, mon vieux François. Dis-moi, qu'est-ce que tu nous mijotes pour ton prochain éditorial ?

Gerbère a ôté ses lunettes à grosse monture d'écaille. Il essuyait les verres, très lentement, avec un mouchoir. Il était sûr de son effet.

— Un truc savoureux. Ça s'appelle : « Voulez-vous jouer au tennis juif ? » J'expose les règles du jeu en trois colonnes.

— Et c'est quoi, ton « tennis juif » ? a demandé Lestandi, hilare.

Gerbère, alors, est entré dans les détails. D'après ce que je crus comprendre, on y jouait à deux au cours d'une promenade, ou assis, à la terrasse d'un café. Le premier qui détectait un juif devait l'annoncer. Quinze pour lui. Si à son tour l'autre partenaire en apercevait un, cela faisait quinze partout. Ainsi de suite. Le vainqueur était celui qui repérait le plus de juifs. On comptait les points, comme au tennis. Rien de tel, selon Gerbère, pour éduquer les réflexes des Français.

— Figurez-vous, a-t-il ajouté d'un air songeur, que je n'ai pas besoin de voir LEURS têtes. Je LES reconnais de dos ! Je vous le jure !

Ils ont échangé d'autres considérations. Une chose le révoltait, lui, Lestandi : que ces

« salauds » pussent encore mener la belle vie sur la Côte d'Azur et siroter leurs apéritifs dans les « Cintras » de Cannes, de Nice ou de Marseille. Il préparait une série d' « échos » là-dessus. Il citerait des noms. On se devait d'alerter les autorités compétentes. J'ai détourné la tête. Vous n'aviez pas bougé de place. J'ai voulu vous adresser un geste d'amitié. Mais ils risquaient de s'en apercevoir et de me demander qui était ce gros monsieur, là-bas, au fond du jardin.

— Je reviens de Nice, a dit Lestandi. Pas un seul visage humain. Rien que des Bloch et des Hirschfeld. C'est à vomir...

— En somme, a suggéré Gerbère, il suffirait d'indiquer leurs numéros de chambre au Ruhl... Ça faciliterait le travail de la police...

Ils s'animaient. Ils s'échauffaient. Et je les écoutais sagement. Je dois dire qu'ils m'ennuyaient. Deux hommes très ordinaires, de taille moyenne, comme il y en a des millions dans les rues. Lestandi portait des bretelles. Un autre que moi, sans doute, les aurait fait taire. Mais je suis lâche.

Nous avons bu plusieurs coupes de champagne. Lestandi nous entretenait maintenant d'un certain Schlossblau, producteur de cinéma, « effroyable juif roussâtre et violacé » qu'il avait reconnu sur la Promenade des Anglais. Celui-là, c'était juré, il ne le louperait pas. Le jour baissait. Du jardin, toute la compagnie s'est transportée au bar de l'auberge. Vous avez suivi le mouvement et vous êtes venu vous asseoir à mes côtés... Alors, comme si une soudaine électricité passait à travers chacun de nous, l'ambiance s'est animée. Une joie nerveuse. A la demande de Marcheret, Delvale nous a imité Aristide Bruant. Mais Montmartre ne constituait pas sa seule source d'inspiration. Il avait été à l'école du Boulevard et nous accablait de calembours et de bons mots. Je revois sa tête d'épagneul, ses moustaches fines. Il guettait les rires de son auditoire avec une avidité qui me soulevait le cœur. Quand il avait fait mouche, il haussait les épaules, l'air de n'y attacher aucune importance.

Lucien Remy, à son tour, nous a interprété une chanson douce, que l'on entendait beaucoup cette année-là : *Je n'en connais pas la fin*. Annie Murraille et Sylviane Quimphe le dévoraient des yeux. Et moi aussi, je l'examinais avec attention. Le bas de son visage, surtout, m'effrayait. On y lisait une veulerie peu commune. J'ai eu le pressentiment qu'il était encore plus dangereux que les autres. Il

164

faut se méfier de ces individus <u>brillantinés</u> qui apparaissent souvent aux « époques troubles ». Ensuite nous avons eu droit à un numéro de Lestandi, dans la tradition de ceux qu'on appelait alors les « chansonniers ». Lestandi était fier de nous montrer qu'il connaissait par cœur le répertoire de *La Lune rousse* et des *Deux Anes*. Chacun a ses petites coquetteries, son violon d'Ingres.

Dédé Wildmer est monté sur une chaise et a porté un toast aux mariés. Annie Murraille appuyait sa joue contre l'épaule de Lucien Remy et Marcheret ne s'en offusquait pas. Sylviane Quimphe, de son côté, essayait par tous les moyens d'attirer l'attention du « chanteur de charme », Maud Gallas aussi. Près du bar, Delvale conversait avec Monique Joyce. Il se montrait de plus en plus pressant et l'appelait « mon petit ». Elle accueillait ses avances par des rires de gorge et secouait sa chevelure comme si elle répétait un rôle devant une invisible caméra. Murraille, Gerbère et Lestandi poursuivaient un entretien que l'alcool animait. Il était question d'organiser un meeting, salle Wagram, au cours duquel les principaux collaborateurs de *C'est la vie* prendraient la parole. Murraille suggérait son thème favori : « Nous ne sommes pas des dégonflés » ; mais Lestandi rectifiait plaisamment : « Nous ne sommes pas des enjuivés. »

L'après-midi était orageux et le tonnerre roulait de sourdes avalanches dans le lointain. Aujourd'hui ces gens ont disparu ou bien on les a fusillés. Je suppose qu'ils n'intéressent plus personne. Est-ce ma faute si je reste prisonnier de mes souvenirs ?

Mais lorsque Marcheret s'est dirigé vers nous, et vous a jeté le contenu d'une coupe de champagne au visage, j'ai cru que j'allais perdre mon sang-froid. Vous avez eu un mouvement de recul. Il vous a dit d'une voix brève :

— Ça rafraîchit les idées, hein, Chalva ?

Il se tenait devant nous, les bras croisés.

— C'est beaucoup mieux que la flotte, a grasseyé Wildmer. Ça pétille !

Vous cherchiez un mouchoir pour vous essuyer. Delvale et Lucien Remy ont lancé quelques remarques ironiques à votre endroit qui ont provoqué l'hilarité des dames ; Lestandi et Gerbère vous considéraient d'une drôle de façon et j'ai compris que votre tête, ce soir-là, ne leur revenait pas.

— Une douche-surprise, hein, Chalva ? a

166

déclaré Marcheret en vous tapotant la nuque comme s'il flattait l'encolure d'un chien.

Vous grimaciez un pauvre sourire.

— Oui, une bonne douche... avez-vous murmuré.

Le plus triste, c'était que vous aviez l'air de vous excuser.

Ils ont repris leurs conversations. Ils buvaient. Ils riaient. Par quel hasard ai-je entendu au milieu du brouhaha général cette phrase de Lestandi : « Excusez-moi, mais je vais faire un petit footing » ? Avant même qu'il ne quittât le bar, j'étais sur le perron de l'auberge. Et là nous nous sommes trouvés en présence. Quand il m'a confié son projet de se dégourdir un peu les jambes, je lui ai demandé, avec le plus de naturel possible, si je pouvais l'accompagner.

Nous avons suivi la piste cavalière. Et puis nous nous sommes engagés dans les sous-bois. Une futaie de hêtres où le soleil répandait, en cette fin d'après-midi, la lumière nostalgique des tableaux de Claude Lorrain. Il m'a dit que nous avions raison de prendre l'air. Il appréciait beaucoup la forêt de Fontainebleau. Nous nous sommes entretenus de choses et d'autres. De la profondeur du silence et de la beauté des arbres.

— Haute futaie !... Ces arbres ont dans les cent vingt ans. — Il a ri. — Je vous parie que je n'atteindrai pas cet âge...

— Sait-on jamais ?

Il m'a désigné un écureuil qui traversait l'allée à une vingtaine de mètres devant nous. Mes mains étaient moites. Je lui ai dit que je lisais avec plaisir ses « échos » hebdomadaires dans *C'est la vie*, qu'il poursuivait, à mon avis, une belle et courageuse entreprise de salubrité publique. Il m'a répondu, oh ! qu'il n'avait pas de mérite à cela. Il n'aimait pas les juifs, voilà tout, et le journal de Murraille lui permettait de s'exprimer sans détours sur la question. Ça changeait de la presse pourrie d'avant-guerre. Bien sûr, Murraille avait un penchant pour l'affairisme et la facilité et il était certainement « demi-juif », mais bientôt « on éliminerait » Murraille au profit d'une équipe de « purs ». Des gens comme Alin-Laubreaux, Zeitschel, Sayzille, Darquier, lui-même. Et surtout Gerbère, le plus doué d'entre eux. Des camarades de combat.

— Et vous, la politique, ça vous intéresse ?

J'ai dit que oui, et qu'on avait besoin d'un coup de balai.

— De coups de matraque, vous voulez dire !

Et, pour me donner un exemple, il m'a parlé, à nouveau, de ce Schlossblau qui souillait la Promenade des Anglais. Or, ce Schlossblau était revenu à Paris et se terrait dans un appartement dont lui, Lestandi, connaissait l'adresse. Il suffisait d'un « écho » et quelques militants musclés viendraient sonner à la porte. Il se félicitait à l'avance de cette bonne action.

Le crépuscule tombait. J'ai décidé de brusquer les choses. Une dernière fois j'ai regardé Lestandi. Il avait de l'embonpoint. Gastronome, certainement. Je l'imaginais, attablé devant une brandade de morue. Et je pensais à Gerbère aussi, à son zézaiement de normalien et à ses fesses flottantes. Non, ils n'étaient ni l'un ni l'autre des foudres de guerre et je ne devais pas me laisser intimider.

Nous marchions à travers des taillis de plus en plus épais.

— Pourquoi courir après Schlossblau ? lui ai-je dit. Des juifs, on en a sous la main...

Il ne comprenait pas et me jeta un regard interrogatif.

— Ce monsieur qui a reçu tout à l'heure une coupe de champagne en pleine gueule... Vous vous rappelez ?

Il a éclaté de rire.

— Mais oui…Nous lui trouvions, Gerbère et moi, une tête de margoulin.

— Un juif ! Je m'étonne que vous ne l'ayez pas deviné !

— Mais qu'est-ce qu'il fiche parmi nous ?

— Je voudrais bien le savoir…

— Nous allons demander à ce salopard qu'il nous montre ses papiers !

— Inutile !

— Vous le connaissez ?

J'ai respiré un grand coup.

— C'EST MON PÈRE.

Je lui serrais la gorge et mes pouces me faisaient mal. Je pensais à vous pour me donner du courage. Il a cessé de se débattre.

Au fond, c'était idiot d'avoir tué ce gros joufflu.

Je les ai retrouvés au bar de l'auberge. En entrant, j'ai buté contre Gerbère.

— Vous n'avez pas vu Lestandi ?

— Mais non, ai-je répondu distraitement.

— Où a-t-il bien pu passer ?

Il me dévisageait avec insistance et me barrait le passage.

— Il va revenir, ai-je dit d'une voix de

fausset dont j'ai corrigé aussitôt le trouble en me raclant la gorge. Il a dû faire une promenade en forêt.

— Vous croyez ?

Les autres étaient rassemblés autour du bar et vous, assis sur le fauteuil, près de la cheminée. Je vous distinguais mal à cause de la demi-pénombre. Il n'y avait qu'une seule lampe allumée, de l'autre côté de la pièce.

— Qu'est-ce que vous pensez de Lestandi ?

— Du bien, ai-je répondu.

Gerbère se collait à moi. Je ne pouvais plus éviter ce contact visqueux.

— J'ai beaucoup d'affection pour Lestandi. C'est une nature, une âme de « cacique », comme nous disions à Normale.

J'approuvais par de petits hochements de tête.

— Il manque de nuances, mais je m'en contrefiche ! Nous avons besoin de bagarreurs en ce moment !

Son débit se précipitait.

— On a trop cultivé la nuance et l'art de couper les cheveux en quatre ! Ce qu'il nous faut, maintenant, ce sont des jeunes barbares qui piétinent les plates-bandes !

Il vibrait de tous ses nerfs.

— Voici venu le temps des assassins! Je
leur souhaite la bienvenue!

Il avait prononcé ces dernières paroles d'un
ton de provocation rageuse.

Ses yeux se sont appesantis sur moi. Je
sentais qu'il voulait me dire quelque chose
mais qu'il n'osait pas. Enfin :

— C'est fou comme vous ressemblez à
Albert Préjean... — Une sorte de langueur
l'envahissait. — On ne vous a jamais dit que
vous ressembliez à Albert Préjean?

Sa voix se brisait dans un chuchotement
doux, presque inaudible.

— Vous me rappelez aussi mon meilleur
ami de l'École, un garçon superbe. Il est mort
en 36, chez les franquistes.

J'avais peine à le reconnaître. Il devenait de
plus en plus flasque. Sa tête allait certainement basculer sur mon épaule.

— J'aimerais bien vous revoir à Paris.
C'est possible, n'est-ce pas? Dites?

Il m'enveloppait d'une gaze humide.

— Il faut que je parte écrire mon canu-
lar... Vous savez... Ce « tennis juif »... Vous
direz à Lestandi que je ne pouvais plus
attendre...

Je l'ai accompagné jusqu'à son automobile.
Il s'accrochait à mon bras, me tenait des

propos incohérents. J'étais encore sous le coup de cette métamorphose qui avait fait de lui, en quelques secondes, une très vieille dame.

Je l'ai aidé à se mettre au volant. Il a baissé la glace :

— Vous viendrez dîner chez moi, rue Rataud... Il me tendait un visage implorant, boursouflé.

— Vous n'oublierez pas, hein, mon petit... Je me sens si seul...

Et puis il a démarré sur les chapeaux de roues.

Vous étiez toujours à la même place. Une masse noire contre le dos du fauteuil : l'éclairage défectueux pouvait induire en erreur. S'agissait-il d'un être humain ou d'une pile de pardessus ? Ils ignoraient votre présence. Craignant d'attirer l'attention sur vous, j'ai préféré vous éviter et me joindre à leur groupe.

Maud Gallas expliquait qu'elle avait dû coucher Wildmer ivre mort. Ça se produisait au moins trois fois par semaine. Il se ruinait la santé, cet homme. Lucien Remy l'avait connu du temps où il gagnait tous les grands prix. Un jour, à Auteuil, les pelousards s'étaient jetés sur lui pour le porter en triomphe. On l'appelait « le Centaure ». En ce temps-là, il ne buvait que de l'eau.

— Tous ces gars-là deviennent neurasthéniques dès qu'ils quittent la compétition, a observé Marcheret.

Et il a cité l'exemple d'anciens sportifs comme Villaplane, Toto Grassin, Lou Brouillard...

Murraille haussait les épaules :

— Nous aussi, figure-toi, nous allons bientôt quitter la compétition. Avec l'article 75 et douze balles dans la peau.

En effet, ils avaient écouté le dernier bulletin du Radio-Journal et les nouvelles étaient « encore plus alarmantes que d'habitude ».

— Si je comprends bien, a dit Delvale, il faut préparer les phrases que nous dirons devant le peloton...

Pendant près d'un quart d'heure, ils se sont livrés à ce jeu. Delvale estimait qu'un « Vive la France catholique quand même ! » serait du plus bel effet. Marcheret se promettait de crier : « N'abîmez pas ma gueule ! Tirez au cœur et visez juste parce qu'il est bien accroché ! » Remy chanterait *Le Petit Souper aux chandelles* et s'il en avait le temps, *Lorsque tout est fini...* Murraille refuserait de se laisser bander les yeux en déclarant qu'il voulait « assister à cette comédie jusqu'au bout ».

— Je regrette, a-t-il conclu, de parler de ces bêtises le jour du mariage d'Annie...

Et Marcheret, pour détendre l'atmosphère, a lancé sa plaisanterie rituelle, à savoir que « les seins de Maud Gallas étaient les plus émouvants de Seine-et-Marne. » Déjà, il dégrafait son corsage. Elle restait accoudée au bar, et ne lui opposait aucune résistance.

— Regardez, mais regardez-moi ces merveilles !

Il les tripotait, les faisait jaillir du soutien-gorge.

— Vous n'avez rien à lui envier, murmurait Delvale à Monique Joyce. Rien du tout, mon enfant. Rien du tout !

Il s'efforçait, lui aussi, de glisser une main dans l'échancrure du chemisier, mais elle l'en empêchait avec de petits rires nerveux. Très excitée, Annie Murraille avait relevé insensiblement sa robe, ce qui permettait à Lucien Remy de lui caresser les cuisses. Sylviane Quimphe me faisait du pied. Murraille nous versait à boire et constatait d'une voix lasse que nous ne nous portions pas mal pour de futurs fusillés.

— Non, mais vous avez vu cette paire de nichons ! répétait Marcheret.

En se déplaçant pour rejoindre Maud Gallas derrière le bar, il a renversé la lampe. Exclamations. Soupirs. On profitait de l'obscurité. Enfin quelqu'un a suggéré — Murraille, si j'ai bonne mémoire — qu'on serait beaucoup mieux dans les chambres.

J'ai trouvé un commutateur. La lumière des appliques m'a ébloui. Il ne restait plus personne, sauf vous et moi. Les boiseries lourdes, les fauteuils-club et les verres éparpillés sur le bar m'ont causé un sentiment de désolation. La T.S.F. marchait en sourdine.

Bei mir bist du schön...

Et vous vous étiez endormi.

Cela signifie...

La tête penchée, la bouche ouverte.

Vous êtes pour moi...

Entre vos doigts, un cigare éteint.

Toute la vie.

Je vous ai tapoté doucement l'épaule.
— Si nous partions ?

La Talbot était garée devant le portail de la
« Villa Mektoub » et Marcheret, comme à son
habitude, avait oublié les clefs sur le tableau
de bord.

J'ai rejoint la nationale. L'aiguille marquait
130 au compteur. Vous fermiez les yeux, à
cause de la vitesse. Vous aviez toujours peur
en voiture et, pour vous remonter le moral, je
vous ai offert ma boîte de bonbons. Nous
traversions des villages abandonnés. Chailly-
en-Bière, Perthes, Saint-Sauveur. Vous vous
tassiez sur le siège à côté de moi. J'aurais
voulu vous rassurer mais, passé Ponthierry,
notre situation m'est apparue bien précaire :
nous n'avions aucun papier, ni l'un ni l'autre,
et nous roulions à bord d'une automobile
volée.

Corbeil, Ris-Orangis, L'Haÿ-les-Roses.
Enfin les lumières étouffées de la porte
d'Italie.

Jusque-là, nous n'avions pas échangé une

parole. Vous vous êtes tourné vers moi et vous m'avez dit que nous pourrions téléphoner à « Titiko », l'homme qui se proposait de vous faire passer la frontière belge. Il vous avait laissé un numéro, en cas d'urgence.

— Méfiez-vous, ce type est un donneur, ai-je déclaré d'une voix neutre.

Vous n'avez pas entendu. J'ai répété cette phrase encore une fois, sans succès.

Nous nous sommes arrêtés boulevard Jourdan, à hauteur d'un café. J'ai vu la dame du comptoir vous tendre un jeton de téléphone. Quelques consommateurs s'attardaient autour des tables de la terrasse. Tout près, la petite gare du métropolitain et le parc. Ce quartier de Montsouris m'a rappelé les soirs que nous passions dans la maison de rendez-vous, avenue Reille. La sous-maîtresse égyptienne existait-elle encore ? Se souvenait-elle de vous ? Était-elle enveloppée du même parfum ? Quand vous êtes revenu, vous aviez un sourire satisfait : « Titiko » tenait ses promesses et nous attendait à 23 h 30 précises dans le hall de l'hôtel Tuileries-Wagram, place des Pyramides. Impossible, décidément, de changer le cours des choses.

Avez-vous remarqué, baron, comme Paris est silencieux cette nuit ? Nous glissons le

178

long des avenues vides. Les arbres frissonnent et leurs feuillages forment une voûte protectrice au-dessus de nous. De temps en temps une fenêtre éclairée à la façade d'un immeuble. Les gens sont partis en oubliant d'éteindre la lumière. Plus tard, je marcherai à travers cette ville et elle me paraîtra aussi absente qu'aujourd'hui. Je me perdrai dans le dédale des rues, à la recherche de votre ombre. Jusqu'à me confondre avec elle.

Place du Châtelet. Vous m'expliquez que les dollars et le diamant rose sont cousus dans les doublures de votre veste. Pas de valises, « Titiko » vous l'a recommandé. Ça facilite le passage des frontières. Nous abandonnons la Talbot au coin des rues de Rivoli et d'Alger. Nous sommes en avance d'une demi-heure et je vous propose une promenade dans le jardin des Tuileries. Nous contournions le grand bassin lorsque nous avons entendu des applaudissements. On donnait un spectacle au théâtre de verdure. Une pièce en costumes. Du Marivaux, je crois. Les comédiens saluaient sous une lumière bleue. Nous nous sommes mêlés aux groupes qui se dirigeaient vers la buvette. Des guirlandes pendaient entre les arbres. Au piano droit, près du comptoir, un vieux monsieur somnolent jouait

Pedro. Vous avez commandé un café et allumé un cigare. Nous restions silencieux l'un et l'autre. Par des nuits d'été semblables à celle-là, il nous arrivait de nous asseoir à la terrasse d'un café. Nous regardions les têtes autour de nous, les voitures passer sur le boulevard et je n'ai pas souvenir d'une seule parole échangée entre nous, sauf le jour où vous m'avez poussé sous le métro... Un père et un fils n'ont sans doute pas grand-chose à se dire.

Le pianiste a attaqué *Manoir de mes rêves.* Vous tâtiez les doublures de votre veste. C'était l'heure.

Je vous revois dans le hall du Tuileries-Wagram, assis sur un fauteuil à tissu écossais. Le portier de nuit lit un magazine. Il n'a même pas levé les yeux quand nous sommes entrés. Vous consultez votre bracelet-montre. Un hall d'hôtel qui ressemble à tous ceux où vous me donniez rendez-vous. *Astoria, Majestic, Terminus.* Vous rappelez-vous, baron ? Vous aviez ce même air de voyageur en transit attendant un paquebot ou un train qui ne viendra jamais.

Vous ne les avez pas entendus approcher. Ils sont quatre. Le plus grand, celui qui porte une gabardine, vous demande vos papiers.

— On voulait filer en Belgique, sans nous prévenir ?

Il arrache la doublure de votre veste, compte les billets avec application, les empoche. Le diamant rose a roulé sur le tapis. Il se penche pour le ramasser.

— Où tu as volé ça ?

Il vous gifle.

Vous êtes debout, en chemise. Livide. *Et je m'aperçois que depuis le début vous avez vieilli de trente ans.*

Je me trouve au fond du hall, près de l'ascenseur, et ils n'ont pas remarqué ma présence. Je pourrais appuyer sur le bouton, monter. Attendre. Mais je marche vers eux et m'approche du type en gabardine.

— C'EST MON PÈRE.

Il nous considère tous les deux en haussant les épaules. Me gifle moi aussi, indolemment, comme s'il s'agissait d'une formalité, et laisse tomber à l'adresse des autres :

— Vous m'embarquez cette racaille.

Nous trébuchons dans la porte-tambour qu'ils ont lancée à toute volée.

Le panier à salade stationne un peu plus haut, rue de Rivoli. Nous voilà sur les banquettes de bois, côte à côte. Il fait si noir que je ne peux pas me rendre compte du chemin que nous prenons. Rue des Saussaies ? Drancy ? La villa Triste ? En tout cas, je vous accompagnerai jusqu'au bout.

Aux virages, nous nous cognons l'un contre l'autre, mais je vous distingue à peine. Qui êtes-vous ? J'ai beau vous avoir suivi pendant des jours et des jours, je ne sais rien de vous. Une silhouette devinée sous la veilleuse.

Tout à l'heure, quand nous montions dans le car, ils nous ont tabassés un peu. Ça doit nous faire de drôles de têtes. Comme ces deux clowns, jadis, à Médrano..

Certainement, l'un des plus jolis villages de Seine-et-Marne et des mieux situés : en bordure de la forêt de Fontainebleau. Il fut, au siècle dernier, le refuge d'un groupe de peintres. Aujourd'hui les touristes le visitent et quelques Parisiens y possèdent des maisons de campagne.

Au bout de la grand-rue, l'auberge du Clos-Foucré dresse sa façade anglo-normande. Atmosphère de bon ton et de simplicité rustique. Clientèle distinguée. Vers minuit, on peut se retrouver seul avec le barman qui range les bouteilles et vide les cendriers. Il s'appelle Grève. Il occupe la même fonction depuis trente ans. C'est un homme qui ne parle pas volontiers, mais si vous lui êtes sympathique et lui offrez une mirabelle de la Meuse, il consent tout de même à évoquer certains souvenirs. Oui, il a connu les gens dont je lui cite les noms. Mais moi, si jeune, comment se fait-il que je lui parle de ces gens-là ? « Oh, moi... » Il vide les cendriers dans un carton rectangulaire. Oui, ce petit monde fréquentait l'auberge, il y a bien longtemps. Maud Gallas, Sylviane Quimphe... il se demande ce qu'elles ont pu devenir. Avec ce genre de femmes, on ne sait jamais. Il a même conservé une photo. Tenez, le grand mince, là, c'est Murraille. Un directeur de journal. Fusillé. L'autre, derrière, qui bombe le torse et tient une orchidée entre pouce et index : Guy de Marcheret qu'on appelait Monsieur le Comte. Un ancien légionnaire. Peut-être est-il retourné aux colonies. Oui, c'est vrai qu'elles n'existent plus... Le plus gros, assis sur le fauteuil, devant eux, a disparu un beau jour, « Baron » de quelque chose...

Il en a vu des dizaines, comme ça, qui se sont accoudés au bar, rêveurs, et ont ensuite disparu. Impossible de se rappeler tous les visages. Après tout... oui, si je veux cette photo, il me la donne. Mais je suis jeune, dit-il, et je ferais mieux de penser à l'avenir.

DU MÊME AUTEUR

Aux Éditions Gallimard

LA PLACE DE L'ÉTOILE, *roman.*

LA RONDE DE NUIT, *roman.*

VILLA TRISTE, *roman.*

LIVRET DE FAMILLE, *roman.*

RUE DES BOUTIQUES OBSCURES, *roman*

UNE JEUNESSE, *roman.*

DE SI BRAVES GARÇONS, *roman.*

EMMANUEL BERL, INTERROGATOIRE

et, en collaboration avec Louis Malle ·

LACOMBE LUCIEN. *scénario.*

Aux Éditions P.O.L.

MEMORY LANE, *illustrations de Pierre Le-Tan*

Impression Bussière à Saint-Amand (Cher),
le 25 novembre 1987.
Dépôt légal : novembre 1987.
1er dépôt légal dans la collection : juin 1978.
Numéro d'imprimeur : 2969.
ISBN 2-07-037033-X./Imprimé en France.

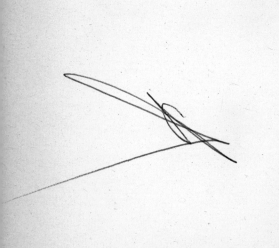

42221